主编 凌翔

当代著名作家美文自选集

味道

张亚凌 著

天津出版传媒集团

天津人民出版社

图书在版编目 (CIP) 数据

味道 / 张亚凌著 . -- 天津：天津人民出版社，
2019.11
（当代著名作家美文自选集 / 凌翔主编）
ISBN 978-7-201-15458-9

Ⅰ . ①味… Ⅱ . ①张… Ⅲ . ①散文集－中国－当代
Ⅳ . ① I267

中国版本图书馆 CIP 数据核字（2019）第 225191 号

味道
WEIDAO

出　　版　天津人民出版社
出 版 人　刘　庆
地　　址　天津市和平区西康路 35 号康岳大厦
邮政编码　300051
邮购电话　（022）23332469
网　　址　http://www.tjrmcbs.com
电子信箱　reader@tjrmcbs.com

责任编辑　岳　勇
装帧设计　陈　姝

印　　刷　北京楠萍印刷有限公司
经　　销　新华书店
开　　本　710 毫米 ×1000 毫米　1/16
印　　张　13
字　　数　200 千字
版次印次　2019 年 11 月第 1 版　2019 年 11 月第 1 次印刷
定　　价　49.80 元

目 录

第一辑　开在天上的花儿

我的树

　　一棵树，不长在自家庭院里却独属自己，是幸运还是霸道？年幼时的我就有过这么一棵树，"我的树"，至今还蓬蓬勃勃地茂盛在记忆深处。每每想起，就如同沾了天大的便宜。

　　一条沟从西到东将我们赵庄切割成南北两半。从村东向村西看，得抬头，是一道一道的缓坡费力地弓着身子，拉着扯着，将路铺开。那坡势在村外向西似乎是无限延伸的，以至于村外很远很远的地方被村里人统称"七十二拱"——据老人们说是向上拱了七十二下。沟边是路，路看上去也是万分辛苦，猫着腰，借助坡势努力前拱，竭力延伸。

　　喜欢较真的我曾试图弄清楚，是不是七十二道坡。有了这个想法的两三年里，上上下下数了多次，一道坡太长，数着数着就乱了，终究没有数清楚。七十二道坡啊，数完兴许就到天边了，却在反反复复数来数去中邂逅了"我的树"。

　　那是暑假的正午，整个村子都在午休。一个六七岁的小屁孩，为了探究到底有多少道坡，走了不知多远，反正没有走到"七十二拱"的尽头。渴了饿了，就在沟坎边找东西吃。羊奶奶、驴奶奶、野葡萄、枸桃、酸溜溜……经常被指派跟着哥哥给猪割草，草拔不了一把，倒是学会了填肚子。就是某道坡的沟腰处，竟然看到了一棵奇特的树，叶子像五角星。天哪，还有那种形状的叶子啊，叶子不都是杨树桐树那样的？它很小，像我的细胳膊那样粗。不会被别人发现吧？我要据为己有，要让它成为"我的树"。我得给它做个记号，也能看出别人发现没有霸占没有。转了几圈，一拍脑门，有主意了。拔了一大把草，找了几根长的，把短的捆绑起来，挂在树身上。

"我的树！"这个念头像神奇的种子落在心里，没有阳光没有水，不等到家，已经在我心里长成了一棵大树。

我终于有了独属自己的东西。家里的破铁环还得跟小哥哥抢，木板削的臭木枪二哥当成宝。就是院子里那两棵树，姐姐常常绑着绳子荡秋千，都让我滚得远远的。破铁环、臭木枪、烂秋千，哪里有我那棵树神奇，他们没见过的叶子啊。做梦我都能笑出声。

只要不被人看到就没有人跟我争。

第二次为了找到"我的树"，费了很大的劲。上上下下跑了几趟，就是找不到。终于找到了，草还在树身上绑着，记号在，就没有被人发现，还是"我的"。为了便于下次找到，我专门把从沟边下到树那里的草拔得干干净净。突然又后悔了，别人不就也一眼看见了？又撅起屁股拔了半天，把我的手都划破了，全扔到拔干净的地方，那里的草比别处都多，差不多将树遮住了。

整整两年，我没事就跑去看"我的树"，一跑就是小半天，经常影响到吃饭，还被母亲训斥贪玩。后来，我上学了，会写字了，在树身上用小刀歪歪扭扭地刻下了我的名字——"张亚凌"，才彻底放心了。正儿八经是"我的树"了，谁也抢不走了。

哥显摆他的枪，姐显摆她的发卡，我嘴角一撇：我的东西要搬过来不得吓死你们。又是一年，树长粗了，"张亚凌"三个字也长大了。我越来越放心了，索性把这个天大的秘密告诉给了哥哥姐姐。

哥笑了，让我抬头看天上。天上有一大团云，像飞奔的骏马。他说："那是我的云，谁能夺走？"我说你是瞎说。他笑得更厉害了，说你能瞎说地上的，就不允许我瞎说天上的？

直到今天，每每回家时走在"七十二拱"上，就想起了"我的树"，还有童年里那满满的欢喜。

或许，每个人的童年，都有棵自己的树吧。

做贼的日子

我的童年，是一段需要红薯馍、糜面馍、玉米糕、菜疙瘩才能勉强填饱肚子的日子。

记得大哥割猪草时偷偷地挖了生产队一窝红薯，自己一口气生吃了仨，还剩下俩藏在笼底带回了家。大哥真是饿晕了头，竟然忘记了母亲平日里耳提面命教导我们要诚实、本分，一到家就迫不及待地取出来用衣袖擦了擦让我和二哥吃。恰巧母亲推门进来，一把夺过我们手里的红薯，训斥了半天还不解气地狠狠地打了大哥。

拿着被我们咬了一口的红薯，母亲似乎很为难：上交吧，就等于承认自己的孩子做了贼；不交吧，的确不合她的为人。

大哥呢，哭得也很委屈。割猪草的那几个孩子都偷，又不是他一个人偷。人家没吃完的，扔了，怕被看守的大人检查出来。而他，是想着我俩才带回来的。

而我们，倒不理会大哥的脸是不是被母亲打疼了，更关心的是被母亲夺去的红薯将如何处理。

已经上了床，母亲将红薯丢给我们，没好气地训斥道："整天都是想着吃、吃、吃，活到世上就是为了吃……"我们才不理会母亲说话的语气及神情，赶忙抢在手里，啃起来，甜甜的红薯汁顺着嘴角直流。母亲一看见我们的吃相更生气了，"看你俩那熊样，总有一天，为了吃糟蹋自家……"母亲愤愤地说着，又两手齐上夺了我们手里的红薯，"偷的东西还吃得有滋有味，还有没有廉耻？！"

我们依旧坐着，却不曾低头表现出半点悔过，单等着母亲训斥完后再扔过来，好接着吃。

我现在还清楚地记得，我们是在母亲反反复复地给与夺中，在絮絮叨叨的训斥声的伴奏下，咽下每一口红薯的。

如今想来，那会儿的母亲，心里一定很难受很难受的：她不能抗拒的，是儿女们的饥饿；她不能原谅的，是儿女们满心里只想着吃。

母亲和父亲有事去外婆家，待了一天又一个晚上，第二天大清早才赶回家的。大哥又领着我们偷了一次，那次偷的是玉米棒子。

白天只能忍耐，害怕煮熟时玉米的香味暴露了我们的行径被大队喇叭批评。等呀等呀，估摸是半夜了，大哥领着我们起来煮玉米棒子吃。真香，我一连吃了两个，还能吃得下，只是没有那么多，大哥二哥每人一个半，——才偷回来五个。

第二天，大队喇叭就响起来了：

"有些人做贼心虚，三更半夜煮偷的玉米。群众的眼睛是雪亮的，群众的鼻子也不是摆设……"

后面就是点我父亲母亲的名字，进行声讨。

母亲叹着气，开始训斥我们：

"不是光咱一家子饿，全村人都饿，——全村都当贼了能打下庄稼分给大家？管不住自家的手，管不住自家的嘴，能干成啥事？偷，总归是坏毛病，就得离远些……"临了，她长叹了一声，"真是傻娃，饿得谁能睡着觉？白天有事打搅，有东西充饥还好点。天黑了咋办？——还天黑了偷偷煮，真是笨到家了。"

只是，我胆小，从来没有独立操作过。

每次割猪草，只能眼看着别的女孩子们行动：偷几把苜蓿，回去做苜蓿面；偷几把豆荚，蒸着吃；偷一窝红薯，烤着吃……几乎是目之所及，无所不偷。有次我给了一个女孩五分钱，她分给我偷的玉米棒子。我也算成功地"偷到"东西了，跟她们一样厉害了，心里还有点小得意。

后来，我在作家路遥的一篇文章里看到这样一段话：

"上数学时，我就不由得用新学的数学公式反复计算我那点口粮的最佳吃法；上语文课时，一碰到有关食品的名词，思维就固执地停留在这些字眼上；而一上化学课，便又开始幻想能不能用公式化合反应出什么吃的东西来……"

不觉笑了，看来，我们伟大的路遥从小就具有当作家的浪漫气质啊。

奇怪的是，至今每每忆起做贼的日子，我竟然丝毫没有愧疚，只有对自己笨拙胆小的遗憾。莫非，特殊时期，人们就没有羞耻感？

童年的守护天使

是不是每个孩子的童年都有个天使在守护？倘若不是，我哪里能够躲开那么多的伤害快乐成长？

儿童的恶毒有时来自对大人语言的单纯模仿，或许无心，却可能伤人至深。那个小伙伴在有很多玩伴时像发现了新大陆般宣布了她的发现：看妮儿的嘴唇，厚得……厚得能切凉菜吃。

那句话不亚于重型炸弹，将我的快乐炸成碎片又瞬间化作了眼里止不住的泪水。只是年幼的我却分不清是难听还是恶毒。在我们那里，只有卤的猪耳朵、猪嘴巴、猪头肉才切成凉菜吃。我吧嗒吧嗒掉着泪水离开了那群孩子。

一回到家就照镜子，已有几条裂缝的镜子邪恶地将我的嘴唇还切割成了几层，要多厚有多厚啊。越看嘴唇越厚，越看越难看越伤心——的的确确是个厚嘴唇的丑丫头。以至于好长一段时间，都不忍心照镜子。小小的心儿终于装不下大大的悲伤了，哭泣着对姥姥揭开了心里的疼。

姥姥将我拉到怀里，给我边梳头边说话，慢声细语不急不躁："傻女子，嘴唇薄的人刻薄，多是刀子嘴，嘴唇厚的人厚道，话少还不伤人。我娃呀，是个生性厚道的好娃……"

哦——，原来厚嘴唇这么好。不过，我也不能得意，姥姥说的"厚道"一定是好品行，哪能骄傲呢？再后来呀，当小伙伴们继续笑话我嘴唇厚时，我只是抿嘴一笑罢了，才不会生她们的气。当然也不能告诉她们那个秘密，我更不想让她们因为嫉妒我的厚嘴唇又不开心了。

我们一起玩抓五子的游戏。就是很多小小的磨得光光滑滑的小石子儿，从手心抛起，翻转，经过手背抖落，只留一个。握着那个小石子的手，边抛出手里的小石子边很快从地上掠过，看能在抓走多少小石子的同时还接得住抛出的那个。每次，我一抛起，就全部抖落，手背上就留不住。好不容易留住一个，可以进行下一步了，又接不到抛起的那个。

别人就不愿意跟我搭伙了，嫌我笨手笨脚，说我笨得两只手都捉不住一只鳖。今天看来那话真是重口味，相当于说我比呆鳖还呆还笨。没人跟我玩了，我成了唯一的观众，孤单而尴尬。时间久了，也就赖在家里拒绝出去玩了，我才不想被小伙伴讨嫌。

终于有一天，姥姥问我咋不出去玩，在我抹着鼻子哭诉时她倒笑得前仰后合。姥姥说："真是瓜女子呀，人的聪明是一定的，有人嘴能说，手底下跟不上趟；有人手底下慢点，心里清爽。脑子好使的人，就不需要手下快脚底利。没事，不想出去我娃就看书，最好看的都在书里……"

慢慢地，还真看进去了。

开始到处找书看。周围没书了，每逢赶集，姥姥就陪我去镇上的书摊，二分钱一本，尽管看。姥姥就坐在旁边纳鞋底，我会偷空瞥她一眼，有时恰巧她也正看着我，我们俩眉里眼里都是笑。

快乐地走过了童年，蓦然回首，才发现姥姥"欺骗"了我：嘴唇薄厚与性情压根就没有必然的联系，心灵与手巧才是绝配……不过，那又有什么呢？安全度过才能坦然回望。后来啊，我的缺点似乎随着年龄的增长，越来越多越来越放大。搁别人身上，简直就是一连串失望的组合：性情马虎，容貌还长得粗枝大叶；已经长得粗枝大叶了，还不会说话；不会说话，还不会看人眼色。姥姥若在，会对我说什么呢？她老人家一定会说：没能耐才会说话会察言观色，好好做事比啥都顶用。

直到今天，每每遇到伤脑子的事，我还是习惯看着姥姥的相片想，她会怎么看？

开在天上的花儿

一直觉得，天空是幸福的，当风筝漫天时，多像一朵朵开在天上的花儿，多像天空调皮的儿女在戏耍。

——题记

我儿时的骄傲来自姥姥，膨胀在春天里，飘舞在风筝上。

姥姥手巧，不仅仅让我磨破的裤腿、衣袖变得蝶飞凤舞，还能让一张破报纸飞上天。是的，我的报纸风筝也是全巷子里飞得最高的，更别说用花花绿绿的炕围纸裱糊的风筝了。

不等过完年，我心里就想着放风筝的得意，就惦记起姥姥的巧手来。小腿儿跑得可欢实了，啥活都愿意替姥姥做。那会儿的我，可着劲儿巴结姥姥，只听姥姥的话，以至于妈妈嬉笑着戳着我的小脑门骂我"小人精"。我甚至会把那些换下来要洗的衣物抱着扔到妈妈面前，理由很奇葩：不能让姥姥洗，把姥姥的手累着了就不灵巧了，就做不出漂亮的风筝了。

我的风筝一定是第一个飞出小巷子的，虽是哥哥扯着线放，可那是我的风筝啊，笨哥哥哪里知道呢？姥姥在风筝上作画时，会悄悄画个铃铛，给我耳语："这铃铛啊，就是我的小铃子。"姥姥才不会像妈妈那样唤我时直接喊名字，姥姥喊我"小铃铛""小铃子""凌儿"。如果那时姥姥知道还有一种运动器材叫"哑铃"，会不会在风筝上画个"哑铃"？那样，风筝岂不被压得飞不起来了？幸亏山沟沟里的人眼界窄，不晓得那玩意。多年后，我每每想到这一点，就很得意，得意于姥姥不知道"哑铃"的存在。

每次风筝飞起来，我都会跟在哥哥屁股后面，双臂伸开，身子前倾，跑着喊着：

"我飞起来喽——"

"飞起来喽——"

每年的风筝，姥姥做的总是最抢眼的。可是我八岁那年的春天，巷子西头的燕儿刺破了我的骄傲，彻彻底底不费吹灰之力就抢走了我的风头。燕儿竟然举着一个很阔气很阔气的风筝，那是巧手姥姥无论如何都做不出来的，连我自己都惊呆了：

原来世界上的颜色不只是姥姥炕头针线篓里彩色丝线的颜色？原来一只风筝上竟然可以数出八种以上的颜色？原来风筝还可以是立体的有着那种美妙的形状？原来……原来自己的风筝真的很难看……

那天晚上，任姥姥用画笔给风筝上补满铃铛，我就是不愿意再看一眼。此后，我不再放风筝了。

也是后来才知道，燕儿的风筝是蓄谋已久的，是她那在潍坊上医学院的哥哥夹在衣服里邮寄回来的，就是想抢我的风头！还听燕儿妈妈在巷子里给人显摆，说儿子上大学的潍坊，遍地都是漂亮得要命的风筝，那地方就是做风筝的……骗鬼呢，我才不相信。哪有那样的地方？大人们啥都不干，净想着做风筝玩？哼，是七仙女待的天上吧？就瞎扯吹牛吧。

　　还是后来，长大了的我才知道，井底之蛙看啥都是瞎扯。真的有一座城市的风筝风靡全国出口国外，以至于被称"鸢都"。"潍坊"，就是那个时候在我心里扎了根。

　　多少年了，每到春天，看着漫天的风筝，我总会想到"潍坊"，想象着潍坊的大街小巷，想象都与风筝有关：

　　那里，是不是不经意间就在杏花枝头看见断线的风筝，树下会跑来个乖巧的寻求大人帮忙的小孩子？那里，是不是抬眼就会看见凌空而去的红线儿，那头一定会牵出个笑语盈盈的玉人儿，让人浮想联翩？那里，儿童散学后都忙着放纸鸢，放出一波一波噼里啪啦迸溅着的欢声笑语？

　　我期待着自己所有的梦，都在该开的时候与地点开花，哪怕苦等多年。关于风筝的，只能灿烂地开在潍坊的上空。

热闹的童年

　　课间，一个大胆的孩子凑过来问我，老师，你们小的时候过得有意思没？

　　一句话打开了我记忆的闸门，——儿时的欢喜像突突的泉眼，喷涌着泛滥着……

　　儿时，我性子野，也最讲义气。为了给小姐妹出气，跟门口的男孩子都打遍了……为此大人们喊我"三小子"，唤我"野丫头"，有人干脆直接吼着"女土匪"。我一闪面，就有动静，总是带队出征。踢里咣啷是前奏，像热锅里的豆子噼里啪啦地蹦跳着的欢声笑语是主旋律。

　　我们比赛看谁上树快，有时已经决赛出最快的了还停不下来，因为差别不大，有人不服气。会继续比，比耐力，看谁爬的次数多还一直领先，以至于大家变成"爬上""滑下"。

　　欢乐从来都是花，是浪花溅起就会落下，是鲜花绽放就会零落。欢呼雀跃后，才发现有个伙伴的裤子磨破了，她妈是巷子里有名的母老虎，骂起人来屁股一拍能蹦起老高，我们立马被愁容笼罩。当大家眼巴巴地看着我这个罪魁祸首时，隐隐的，我意识到应该是我解决问题的时候了。

我跑回家，在母亲的针线篓里找到线、针。让那个伙伴在麦秸堆后脱了裤子，学着母亲的样子，笨手笨脚地穿针引线，还边缝边对比着，看能不能被察觉出来。嗨，还别说，虽谈不上瞒天过海，可瞒过那只粗心的母老虎还是问题不大。

后来啊，一有她不配合的问题，我就会搬出自己的"丰功伟绩"——我都给你缝补裤子骗过你妈——来要挟她顺从我。其实我们在很小的时候都知道，谁也要挟不了谁的，只是彼此玩得来心里在乎罢了。就像我吃的第一块奶糖是胖妞给我，因此至今都感激她，好像以后所有的甜，都是那块糖发酵出来的。

上树很带劲，下沟也不错。

下沟是技术活，一条条羊肠小路通往沟底，是双膝弯曲双臂展开，滑翔而下；还是像刹不住闸的车，嘴里"嘟——"着飞速冲下；抑或是提着裤腿战战兢兢小小心心，慢慢走下去？

那条沟似乎太小了，容纳不了我们的快乐，于是空气里都跌宕起伏着大大小小的快乐。沟边，春天看花秋天采野果；沟底是条河，夏天戏水冬天滑冰，——沟的四季丰盈着我们的快乐。

沟就在小巷子的尽头，每每到了吃饭时间，大人们在沟沿上喊自家孩子的声音就此起彼伏。我的父母一般不会喊我，我们姐妹多，他们很忙，没爷爷奶奶帮衬，能吃到嘴里就不错了。一听到别人的父母在喊自家的孩子，我就知道该回去吃饭了。

除了下沟玩，我们还会搭伙去镇上，一分钱没有去赶集。目的明确，去瓜摊捡拾瓜子。

有集会时，街上会有人摆一张低矮的小饭桌，西瓜是论斤卖，在瓜摊边切开吃。有人边吃西瓜边将瓜子放在桌子上，我们就过去，一只小手像抹布一样将瓜子抹到另一只手心里。有的人不懂事，直接将瓜子吐在地上，我们就像小鸡啄食样一个一个在地上捡拾。

一次，当一个小伙伴过去准备拿桌子上的瓜子时，摊主一挥手，恶声道"一边去"。我们几个胆大的就过去理论：别人掏钱买了瓜，瓜子又不是你的，凭啥不让拿？那摊主没好气地手一抹，瓜子远远地跌落到地上，他恶狠狠地说，跟要饭的一样，捡去！

当那几个小伙伴要去捡时，我很快过去用脚踩，用脚踹……而后用脚踢过去说"还你瓜子，还你瓜子"……而后，我们跑了。他是绝对不会追的，因为他有摊要守啊。

小孩子也有尊严，岂容侮辱？

瓜子捡回去后，在水里洗得干干净净，晾晒到小木板上或者窗台上。晒干后，就成了衣兜里的零嘴。当然，胆小或脸皮薄的，我们也会分给她们，——有福同享嘛。

当然"共享"不是一个新词了，它一直温情地流淌在我们的童年里。

每个孩子都有个装宝贝的盒子或罐罐瓶瓶，里面有：各种颜色跟形状的纽扣、弹珠，甚至颜色与众不同的小石子儿……胖妞居然有个子弹壳，海娃有短小的各色彩笔，春草有个海螺，灵芝有各种玻璃纸……我们可以交换着保存对方的宝贝。就像红梅的银镯子，亲吻过我们每个女娃的手腕儿。就像我的发卡，她们都戴过。

物质匮乏的童年却洋溢着热闹，是不是很奇怪？或许，当无法获得过多的物质时，人就会关注内心，才有可能有滋有味的生活。

上学的路

小时候我极不喜欢上学，却非常喜欢去学校，是不是听起来很奇怪？

家里不舒坦。别人家，大人们总取笑小孩子不能当个人用，说小孩干活就是"指屁吹灯"。可在我家不一样，娘是指望屁能吹灭灯的，啥活都让我干。有活干，娘看我还顺眼，没活干时总数落我，说我坐没坐姿站没站相，咋看都像歪瓜裂枣不成器。

我不喜欢在家里待。

学校也不好。上课听不懂，老师提问不举手又觉得不好意思。老师布置了作业更难熬：作业看着我一定也很别扭，就像我看着它浑身难受一样。说穿了，不知道是作业在看我，还是我在看作业，反正彼此都觉得拧巴。我也不知道是自己懒得学习，还是压根学不懂，反正在学校是一塌糊涂。

也不喜欢待在学校。

我喜欢的，就是往返在从家里到学校的路上。路边是地，地里不管是长庄稼还是长草，都好玩。

每次，我早早地从家里出门，尽可能晚地到学校，估摸着时间，不迟到就行。中间的时间就慷慨地交给了那条路，那块地。

我会跑进地里捉蝴蝶，逮蜻蜓，摘各种野花，快乐无比。好像也不是纯粹的快乐无比。正快乐着，又会莫名悲伤，悲伤自己不是蝴蝶不是蜻蜓，它们多好啊，不用写字，不会被老师揪着耳朵训斥，不会觉得自己笨得要死。当然得是聪明的蝴蝶蜻蜓，我才不要被小孩逮住呢。我是捉了放，放了捉，闹着玩。而别的娃娃，捉到了直接就揪掉蝴蝶的翅膀和蜻蜓的腿，只是觉得它们痛苦挣扎的样子好玩罢了。

荒凉的季节实在没事干了，就蹲在路边看蚂蚁。

有一天实在不想去学校——考试没考好。一次考试，老师一般会在嘴边挂好长一段时间，不外乎表扬考得好的，训斥考得差的，除非有另外的大事冲淡老师的注意力。那时学校比较安静，很少有活动冲击，哪能轻易来大事？反应迟钝的我，通常会被老师训斥多天。

如今想来，或许还源于那时老师大多是本村人。学生的父母低头不见抬头见，甚至还是自己族里的人——有个老师就是我的远房姑姑，老师们一定觉得，不管学生多笨，没考好都是自己没教好，怪对不住村里人的。或许因了自责，对没考好的就分外用心，自然也少不了肉体上的指教，拧耳朵，踹几脚。

小孩子也会有邪恶念头的。那一刻的我，第一次捉了蜻蜓没放，恶作剧般让它也跟着我去学校受受罪。

老师又把我们几个没及格的叫出教室，别的孩子们在教室背诵，我们写他额外布置的作业。为了防止我们因不自觉而开小会，让两个趴在窗台上，三个趴在教室门口的台阶上。我就倒霉地被要求趴在低矮的台阶上。不舒服地趴着，台阶又不像桌子那么平，只会让原本难看的字更难看。

我悄悄地从兜里取出蜻蜓，让它跟我一起遭罪吧。谁知取出来时才发现它的小细腿竟然断了一条。这个小可怜，它咋比我还倒霉？

看来人倒霉时不适合接触任何东西的，比如上次——

上次也没考好（好像我就没有考好过），刚端上碗吃饭，从来没关心过我学习的爹竟然开口问：考得咋样？我一惊，手一抖，碗直接摔在地上，碎了。娘新买的瓷碗呀，她心疼得连续甩了我几抿布，爹避祸般立马端着碗走开了，再也不提考试的事。

似乎是在小学三年级的第二学期，我的学习竟然奇迹般好了起来，也不厌烦去学校了，对蜻蜓、蝴蝶、野花都没了兴趣，那条路也变得索性无味了。说不出是欣慰还是无奈。蝴蝶、蜻蜓、野花们，曾是我最孤单时最亲密的玩伴，却成了毫不相干的过客。

不同阶段会踏上不同的路，也会有很多遇见，能一直陪伴的，有多少？

第二辑　一个人的美好时刻

一个人的美好时刻

欢欢喜喜热热闹闹，在心底，浪漫如花，醇美似酒，那是一个人的美好时刻。再亲再近的人，都无从介入无法分享。

五岁多。

那瓶蜂蜜，放在高高的架板上，我穷尽智慧与小心，大凳子上摞着小凳子，小凳子上还垫上大枕头。终于两只小手够上瓶子了，刚抱在胸前，就倒了后去。好在是床上，头没磕破，瓶子没摔破，有惊无险也就不妨碍偷吃的乐趣了。

终于扭开了瓶盖，我简直厉害得像个大英雄。舌尖儿先在瓶沿儿上舔了一圈，好甜。不要怪我贪婪，只有半瓶啊，舌尖再努力下伸也够不着，只好让手指出马了。指尖儿一蘸，舌头环绕着舔指尖……半个下午，蘸蘸，舔舔。估摸着母亲要从地里回来了，赶紧盖好。才发现俩手抱着瓶子，无论如何都不可能踩着小凳子上的枕头站稳了，踅摸了几圈，有了主意：从院子里搬进来四块砖，摞了两层，脚下瓷实了，才放上去。

虽是偷吃，却甜到无比，这是我生命里最原始的美好。感觉到我嘴里的甜味儿好多天都很浓很浓，以至于做贼心虚都不敢靠近母亲开口说话，怕泄露了秘密。

六岁。

在外婆家的日子。外婆喜欢坐在大门口的石墩子上给我梳头。我的头发在外婆手底下会变魔术：或一头小辫子，或斜在一边骄傲地翘着，或冲天辫，或绾起一些散落一些……外婆说，不管啥都在乎人打理，就怕人有心，也怕人没心。

外婆奇奇怪怪的话我听不懂，太阳就是一面大镜子啊，我只管在太阳下扭着身子照来照去。那一刻的我，像只小喜鹊，叽叽喳喳说着满心欢喜。可能是外婆的巧手收纳了我关于头发的所有美好，上学后至今四十年，一直是齐耳短发。

只是想着头发，我的快乐简单而纯粹，儿时不可替代的美好。

九岁。

来我家的表姐跟母亲赶集去了，穿的是她的喇叭裤，那条红裙子就休息了。偷偷穿上表姐的红裙子，太长了，都提到了胸前，那是我第一次穿裙子——现在想来准确的表述应该是"套裙子"。

搬来小凳子站上去，对着有裂缝的镜子看，下面的裙子看不到啊。换成大凳子，我的脸都跑到了镜子上面，啥都看不到了。不是才下过雨？跑到院子里找积水。没有。敢去巷子里吗？裙子太长了，好看不？算了，不看了。就在院子里走来走去，脸上是夸张的笑。或许那次耗尽了穿衣带来的美好，那种饱满的欢喜再也不曾有过。

只是一件不属于我的裙子，却因年幼纯粹的好奇，美好了以后所有的岁月，再也不曾追逐过穿着打扮。

十一岁。

开始写日记了，四十年前了，是刚从煤油灯变成电灯的时候。大人干活都在月亮底下，那时钱多值钱啊，哪舍得耗电？我视力好到趴在院台子上就着月光写日记。

学习不好的孩子都早熟吧？或者说心儿净想着别的事难以集中精力好好学习？那时我的日记里竟然有个固定的男孩，他家跟我家中间隔了四五家，他文静、好学，是如今典型的"别人家的孩子"。懵懵懂懂的情愫，丝丝缕缕的缠绕，点点滴滴的捕捉，喜欢得艰难而执着。

关于异性的爱与美好，第一次进驻我的心房，从此再也没有离开过。年少的美好，无人察觉却根深蒂固。

过生日时收到闺蜜手绣的手帕，卡通图案深情文字让我欢喜到激动；我曾随意写的小文，不经意间发现竟然被班主任（一位数学老师）保留了很多年；第一次收到来自异姓姐姐凌鸽的红围巾，她开始进入我的生活引我靠拢美好；母亲三十年前写给我的信，已经发黄破损还被我珍藏着；跌跌撞撞写作多少年后，一位兄长如一缕阳光照亮了我的写作之路……

属于我一个人的美好愈来愈多，好像真的是靠拢美好就衍生美好，好像美好也喜欢锦上添花般聚堆，哪能一一数完？

只是，我矛盾得可笑，既恨不得拉住时光的指针，怕流转太快，怕太多的美好我来不及接稳并珍藏？又巴不得推着时光的转盘让它加速度，一定有更多的美好在前面等着，等着与心怀美好的我不期而遇。

是不是我是个极自私的人，才这么在乎这么珍藏一个人的美好时刻？

就味道

　　从来都不知道，味道，还能像吃馍就菜一样地就，就出更多的味道来滋养自己的心。

————题记

　　多年前，母亲还在，我接她来城里住。

　　有一次我在街角找到她：

　　她就靠在街边护栏上，看着不远处。那里，有个中年男子在卖炒粉。我悄然侧过去看她，布满皱纹的脸上泛滥着笑，很酣畅很享受的笑。一扭头瞥见了我，她显得很不好意思，也冲我笑了。只是，这笑打了很多折扣，更多的倒像收敛着的小心。

　　想吃？买碗。我问她。母亲摇摇头，只说，葱花味好闻。就随我回了家。

　　又一次，看见一楼大姐手忙脚乱烟熏火燎地生节煤炉，母亲就站在近旁。有些贪玩的烟儿淘气地舔着母亲的发丝，轻吻过母亲的脸庞，才欢笑着四处散开。母亲一脸乐呵依稀可辨，有一句没一句地跟大姐拉家常。

这人一老就迟钝了，一定是的。我拉着母亲说，赶紧躲开呀，熏的呛的，待在这里干嘛。母亲一摆，挣开了我的拉扯，说，柴火味闻着香。

我晕！

有次我在人家正除草的花坛里找到母亲，她竟然是蹲在除过的草中，手里还抓着一大把青草凑近鼻子。我的天，当时真的惊吓了我：她拄着拐杖我都担心不安全，还放了拐杖蹲下去？

搀扶她起来时，她还一脸沉醉地说，这下闻美了，草的香。

我哭笑不得。

有次硬拉着母亲去吃麦当劳，坐在舒适的店里，她竟是很委屈的样子。嘴里还唠叨着，味道怪不拉儿的，哪有切一碟青辣子，泼点油，夹上热乎乎的馍馍好吃？

我几乎崩溃。

我一直笑母亲，说您完全可以就着葱花味、柴火味、青草味，香香甜甜地吃白面条了。母亲却也笑着回应道，就着味道吃，才吃得香，吃得好！

多年后。母亲走了的多年后。

我站在那个拐角，那男人依旧在卖炒粉，生意一直不错。空气里漂浮着葱花的香味，竟然是种——淡淡的浓郁。我惊讶于自己何以有那种奇怪的感觉，淡而浓。确乎是。鼻子发酸，不忍再闻。

一楼大姐其实很富有。小城里住房有几套，省城也有，可依旧喜欢生节煤炉。她脸上那种沉静，那种悠然，那种似乎生着不生着都无所谓只享受生的过程的神情，让我入迷。还有那柴火味，一如儿时母亲准备做饭的味道。我的脚下似乎生了根，闻不完绝不罢休似的。

老园丁还在殷勤地除着草。青草味儿热热闹闹地穿梭在树枝间花木里，萦萦绕绕，好不缠绵。这种扑鼻味儿，一定与"清"有关吧，清新？清爽？还是清冽？有儿时飞奔在田野里的感觉，更有离家时老母亲拉扯着手臂的感觉。

我第一次切了半碗葱花，炒着，葱花味香得让我流泪；我第一次在山脚下聚拢了一点柴火，点着，皱着鼻子可着劲闻；我开始喜欢跟除草时的园丁拉家常，不露痕迹地美美地闻着青草的芳香。

恍惚间，我活成了母亲的模样，也开始就味道了。

我是个贪生怕死的人

昨天晚上下乡扶贫回来，上楼，双膝疼痛难忍，先倾斜着身子慢慢上移，最后则是手抓楼梯扶手，提臀倒着上，以减轻膝盖的承重。算上车库我家是七楼，没有电梯时的最高层。我不知道自己上了多久，反正是尝试了种种方式，坚持着用无比疼痛的双膝将沉重的身子拖进了家门。

好几次了，下楼似乎没问题，上楼异乎寻常的艰难。将症状说给医生朋友，得知十有八九是缺钙。

今早，先到肉市场询问卖肉的熟人，补钙，哪种骨头熬成汤效果更好。推荐羊排、羊架。没有丝毫迟疑，像女汉子般将羊架、羊排拎至小区门卫室后，又径直进了对面的中医院。

在药房正好遇到最信赖的邓主任，问他快速补钙，哪种药效果最好。他取出一种进口药，说这个应该最好，只是也贵，立马说"先买十盒"。拿药时又被叮嘱，晚上喝，喝后半小时不可平躺。心想，只要有效果，别说半小时不能平躺，倒立一小时都能坚持住！！

羊排、羊架在锅里咕嘟嘟冒着泡。而后，我打开手机，"十大补钙食品""如何烹饪钙不流失"……边看边寻找合适的抄写在一旁的纸片上。

将纸片用透明胶纸牢牢地粘贴在厨房的灶台处后，坐在了阳台暖暖的太阳下。

只是缺钙，我如此惊慌失措如同大难来临。此刻的我，真的是个贪生怕死的人。得活着，更得好好地活着。

孩子还在求学，没有立业，没有成家，我怎能忍心成为他的负担？照顾好自己，才有可能更好地陪伴他。老父亲还需要我照顾，哪里有资格闪失？我才四十多，已脆弱至此。突而想起多年前，那时，母亲也四十多。

记得每晚睡觉前，母亲就让我帮她揉腿。

"凌娃，给妈揉揉腿。"母亲说这话的语气是很绵很柔的，她多半已疲惫不堪，全身像散了架。

多少下？我立马问她，我只关心获得"解放"的条件。于是就跟母亲讨价还价，只揉二百下，多一下都不揉。就开始声音响亮地数着，很带劲地揉着，慢慢地，声音越来越小，揉的力道也越来越敷衍。刚二百下，就撒腿跑开了，才不管母亲的疼痛缓解没有。

记忆里，母亲腿疼得最厉害。学校家里地里，都是母亲劳碌的身影。以今天科学的说法，那时的母亲也一定缺钙吧。只是，没人告诉她该补钙了。

其实困乏让她老觉得全身酸疼，哪里只是膝盖？

有时母亲会说，给妈捶捶肩膀吧，酸疼酸疼的。我就真的用拳头先像下雨般噼里啪啦砸一阵子，而后就轻一下重一下，敷敷衍衍。

膝盖酸疼难忍时，突然间想起了这个年龄的母亲，往事泛上心头……母亲未尝不是贪生怕死之人？

她在自己都不能自理时，老想着我，有时会突然冒出一句"你好好的，妈才能死下去"。我再婚后一个月，六十四岁的母亲没有任何征兆地就突然走了。

母亲不恋生了，源于她的父母早已故去，总让她放心不下的女儿也开启了新的生活。我呢，继续贪生吧，生之美好在于有太多的眷恋与不舍。

我的小院

　　每每说"我的小院"时都很心虚，充其量只是房屋前那块小空地，除去鹅卵石铺就的宽八十厘米的小径、凸出来的楼梯，就十平方米的样子，——比儿时后院的羊圈还小。

　　铺成地砖或砌成水泥，觉得没生机；搭个秋千或摆上石桌凳，又过于做作；种棵花树或果树，那么小的地方那么小的院子，树会长得喧宾夺主，搞不好房子将变得暗无天日。

　　撒花种吧，不拥不挤，自然生长。

　　选了烧汤花。

　　记忆里，农闲时节，门口正在闲聊的女人们通常一看到烧汤花开，就会说着"该烧汤了"起身回家。农忙时节，花开正圆恰恰就是从地里干完农活回到家该烧汤的时间。我们这里，把做晚饭叫"烧汤"，吃晚饭叫"喝汤"。"烧汤花"的由来或许与此有关。

　　母亲推门放下锄头就系上放在窗台上的围裙——她常常是收拾完厨房解下围裙顺手拿起农具就出门下地——开始烧汤。真的是在烧汤花旁摆着小饭桌喝汤的。喝汤时，烧汤花开得最饱满。

有时，从外面疯玩回来的我会大声嚷嚷：妈，烧汤花都开了，你的汤咋还没做好？母亲就不好意思了，嘴里说着"我娃饿了，妈赶紧做去"，就放下手里的活计进了厨房。

我也曾说，妈，等你老了，我也让你在烧汤花旁喝我做的香香的汤。母亲终究没有等到我服侍年老的她，她没到老年就撇下我走了。

欢喜而忧伤的烧汤花。曾经，有年幼的我；而今，却没有年老的母亲。只撒一次种子，却许你年年花开，皮实得像以为可以永远透支的母爱。

我的小院后来成了百花园。

源于我才不管地方的狭窄，有花种就往里撒。土地原本就是长植物的，一种花是不是单调得对不起那块地？儿时的院子里，母亲也是有花种就抛进去的。那会儿育儿花的长势也不错，就像壮实的我们。

后来呀，花花草草簇拥着，喧闹着，我竟然不忍心打理了：干嘛要厚此薄彼拔去草儿？你没有邀请人家，人家满腔热情顾自生长，你应该觉得愧疚才对，哪有拔去的道理？只要草籽来，不管是风送来还是鸟儿带来，落土，生根，就应该有生长的空间。

好友芳每每来我家，总要指教我：好好的院子不打理，拔几把杂草能把你累死呀？在她实在看不下去弯腰要拔时，我会立马拦住她，岔开话题，拉她进屋。她哪里知道我对草的接纳与宽容？母亲曾说"是张口就得有饭吃，能帮就帮"，我现在是"是棵草就得生长，不除不拔"。

我的小院除了布满云彩的高空中有几只鸟儿飞过之外，还得到了邻居核桃树的厚爱。

核桃树长势蓬勃，有一棵直接泼泼洒洒地遮挡在我家小院上空。邻居李姐说，别客气，长过去就是你家的，摘了就吃。我更懒，才不去摘，它们自个皮儿裂开就掉下来了，还不用剥皮直接享用。核桃成熟的日子，

"啪""啪啪""啪啪啪"，好玩又好吃，快乐无比。遂又想起儿时，我家院子里的苹果树枝越墙到了邻居家。母亲不也隔着墙喊婶子，熟了就赶紧吃，过了墙就不是我家的了，不敢糟蹋了。婶子与母亲相处得像亲姐妹。

恍惚间，我的小院成了儿时的老家。

我何其幸运，从几十年前走来，一直是，院美，心暖，邻芳。

我的贪婪与怪异

"你是个贪婪还怪异的人。"

不少人不遮不掩当面这样评说我。更多的人看我的目光里迸溅着这个意思，只是碍于什么没有明说罢了。我承认，有时我贪婪而怪异。承认又改不了，是种无奈；承认却不知悔改，就有点无赖了。我似乎属于后者，且是"选择性"贪婪与怪异。

比如看见花。

我才不在乎开得是否饱满，色彩是否艳丽撩人，只要是花只要成片开，心里就奔涌着强烈的冲动：求老天求地母赶快把我变成蜜蜂吧，每朵花蕊上亲吻一番，哪怕贪婪的口水落满花蕊，花依然妖娆；变成蝴蝶也成啊，成群结队飞上一百圈也不会惊吓花们，花照样欢快地舞动；凑合成丑点的蜻蜓也行，厚着脸皮亲近过去花们也不会伤筋动骨。可万分遗憾的是，我是人啊，要是控制不住自己的贱爪子，一溜摆弄过去，定是一片残花败枝其罪当诛啊！

我是爱花的，怎可伤花？理性一直敲打着我的耳膜。看见再美的花，我都远远地不敢靠得太近，我深知自己经不起诱惑，再轻再浅，只需一个摇摆或一丝花香，就把持不住自己了，靠近时贱爪子就痒痒了，花必将受伤。心儿拽着腿靠近时，我总是刻意背起手，看起来很踞很扎实。其实压根不是那样的，只是怕自己情不自禁地笨手笨脚伤了花。

一面对成片的花，我就立马闭了眼，就想象着自己变成蜜蜂变成蝴蝶再不济变成蜻蜓翩跹于花间的种种美妙。常常想着想着，就乐出了声以至于前仰后合。我乐呵呵地把这种美妙无比的感觉说给身边的人时，他们也笑得前仰后合，说这话狗听了都会笑的。而后就砸过来一些不靠谱的话——

"这社会，人家该摘不该摘的果，都装进自己兜里，该采不该采的花，都捧在自己手里，你还矫情地害怕伤害了一片野花？"

"就你，笨胳膊粗腿像个木桩子，还惜香怜玉？能把花吓蔫！"

"你保护得了此花管不了彼花，照看得了贱花爱不上贵花，还不如见花就糟蹋过瘾。"

听听，都是些什么话，分明就是心硬得石头都砸不出一个坑。唉，我这贱嘴，干嘛要显摆自己心里的美好，反被作践。

对了，不只是花，草也会要我的命。

草儿只要结成片，我就挡不住地满眼欢喜，满心疼爱。浅绿嫩绿墨绿哪怕枯萎了的绿，我都疼都爱都恨不能一揽子抱在怀里。一看到草，我就觉得人比畜生能好点。马牛羊简直就是畜生，见草就啃。人能好点，没见谁趴在地上吃草，只是高兴了打几个滚，无伤草的大雅。也就这一点吧，人比畜生好点。

我疼我爱我怕，面对一片花一滩草。当然一棵树，一块石，同样让我无法拒绝。

我贪婪又怪异，孤单又寂寞，只因这种选择性在别人看来过于奇葩。

亲爱的，辛苦了

突然想说说我的眼睛，源于它有缺陷，源于有人觉得它可能影响视觉效果。

其实我经常会生出一些古怪的念头：不可分割地属于自己的，必须学着接受并热爱，哪怕缺陷。比如，我这受过伤害的眼睛，受过伤害已经很委屈了，还依然执勤站岗，怎能不更加疼惜？

听母亲说，四十七年前，我还不到周岁，出天花，多日高烧不退。后来病走了，却心有不甘地在我的眼睛上做了个小小的记号，相当于顽劣的游人涂鸦"到此一游"。母亲还说，全村那会儿有三个孩子出天花，同一年生的。结果就你命大，那两个没挺过来，走了。

母亲讲述时将我轻轻地揽在怀里，还是重重地压在胸前，已记不清楚，只剩下紧贴母亲的安全感弥散在以后漫长的岁月里。

母亲似乎毫不回避这件事，说了多次。每次听完，我都有种"劫后余生"的庆幸：只是眼睛受了点小伤，老天开恩，何其幸运，不可贪，更得惜福。"三个孩子同时出天花我是唯一幸存者"，这事我不知真假。

母亲在时，我相信她说出的每一句话，母亲走了，即使怀疑也无从考证。

母亲常常说起这件事，懂事起我就提醒自己：

一定要好好活，要把三个娃的好都活出来。受多大的苦也得承担，也是三个娃的。

谁承想，背起书包进了学校，学习起来异常吃力，真的是三个捆绑在一起的笨得我独自扛着？脑子笨到数理化就是三大锅高黏度无法搅拌的糨糊，碰触到任何一点，都粘得牢牢无法运转。无奈选了文科，直到考上大学，数学也没及格过。

似乎有点跑题，回到眼睛上。

眼睛受过伤影响容貌，加上脑子笨，有种腹背受敌前后摇摆的无助感。向前的路很多，我独自沉默着走上仅容一人的狭窄通道——读书、写日记。母亲看在眼里却不曾刻意纠正，在食不果腹、衣难蔽体的四十多年前买书给我看。

一直看书是因为不敢直视别人，避免与人说话。后来开始写日记，越写越上瘾，越写越长，以至于篇篇成作文。从初中起，全县作文竞赛得奖，报纸发表，最终让我以自己喜欢的姿态出现在同学面前并被记住。

不过那时，我并没有学会疼爱自己，还是不愿不敢不忍面对我的眼睛，对它，只有无法直面的抱歉。

也记得上大学时，有个城里的同学喜欢了我三年，我不曾答应，就源于这一点：我的眼睛有伤，并不好看，家还在农村，城里的他咋会喜欢？

他两三天就写一篇文章给我看，女主人公无一例外跟我一样的穿着，活动就是我的日常生活。我扔了他写的一篇篇文章，从来不认为那也是在伤害别人。还记得毕业实习时发生的一件事。有几个实习地点，由辅导员分组，一公布，他立马找人换到我在的那组。我知道后，找人将自己换走。或许，那是对他更大的伤害吧？我回到家乡被分配至乡下一所学校，他找了过来，很恳切地表达着自己，我依旧不相信。直到最后一次他来，说要结婚了，这辈子不会打搅我了。毕业至今二十七年，所有同学都在联系，只有他消失得很彻底，似乎与任何人都没有一丁点往来。

眼睛，让我自卑得不相信爱情，也错过了被爱，更伤害了爱我的人。

也记得临近毕业，中文系的书记说准备将推荐我到报社。二十七年前在上学时就大量发表文章的并不多，说"凤毛麟角"都不过分，我就是。想到自己受伤的眼睛，想象着报社得在人前闪现的工作，我默默走开。

眼睛，让我自卑到不敢走向直面人的工作。

似乎都是眼睛的不好，却又不尽然。

我还是挺感谢受伤的眼睛。若不是深深的自卑，我不可能沉溺到文字里不能自拔；若不是避免与人交流，我不会大学时几乎读完图书馆的文史哲书籍；若不是朋友少，我不会以书写的方式与自己交流……若不是眼睛的时时提醒，我不会成为今天的我。

今天的我其实挺不错，至少没有让自己失望：知晓自己无娇美容颜可以依仗，只能强大自身。讲台前，以真诚走进孩子们心里；书桌前，以热爱温润了每个词每句话。

今天，我已经抬起了头放眼看，为数百人上千人做了很多场讲座。多少读者刻画过看到我的欢喜，多少文友说着跟我相处的舒适，多少天南地北的朋友毫无芥蒂地与我交心。还记得拍摄《方志中国》时，曾给央视的导演说不想参与，导演说从北京带来的文案写的就是你，你就是你，不能换。

当你无可替代时，是一切被忽视了，还是被包容了？

包括，受伤的眼睛。

倘若我美貌如花？我不知道那时的我会不会凡事竭尽全力，或许还会因为众人宠溺便忘乎所以地肤浅。倘若我一切正常？没有自卑的纠缠，或许也缺少了前行的助推力。谁都知道，人生只有一遭，别的无法想象不能假设。

不知什么时候起，我开始真正接受我的眼睛，真的不抱怨它，还能直视它，这也正是我从不戴有色眼镜的原因，我不自欺，也不欺人：

对面的你，清楚地看到我的缺憾，依然喜欢我，才值得我交往。而讲台下的孩子们，清楚地知道我不美丽，依然迷恋我的讲授，深爱我的课堂，才会成为热爱生活的理性孩子。美丽的老师一站上讲台就是风景，我愿意在讲台上慢慢生成独属自己的风景。

史铁生面对盲童说的一段话一直影响着我：

"残疾无非是一种局限，盲童想看不能看，他想走走不了，正常人想飞飞不起。既然是种局限，要么绕开，要么突破，仅此而已。不可纠缠其中，再次伤害自己。"

我尊重我的眼睛，它只是外在的美中不足而非内心的无解。

一路走来，身体因我的欲望而受累，对受伤的眼睛，尤其抱歉与不安。酷爱读书写作，常让它无力承受以致酸疼。因为它，我迷恋上读书写作，而读书写作，又让它苦不堪言。生活，是不是总有些无解的矛盾？供我们笑笑，而后欣然接受，并相互疼爱。

就像，我与受伤的眼睛。

我们早已和解，彼此不离不弃。只是我贪恋文字，害它受累。辛苦了，亲爱的。

第三辑　愿你记住那段美好时光

洒落在身后的遗憾

本学期最后一节课，我问孩子们，一学期快结束了，大家畅所欲言，说说自己这学期最遗憾的一件事。

第一个蹦起来的是乐昱岑，一个开言动语时眉里眼里都肆意流淌着欢笑的阳光男孩，我的话尾巴尚未落到实处他就已经站了起来。昱岑说：一天放学后，我兴冲冲地跑到自行车棚，发现车胎的气门芯让人拔了，只能推到学校门口找充气的地方。第二个站起来的是王米乐，哪怕"嗯"一声也带着动作与表情，一个仪式感很强的女孩。她清了清嗓子，开了口：上次科技节我很用心地设计了作品，都走出班级了，却没有在学校获奖，觉得很遗憾……孩子们七嘴八舌头，纷纷说起自己的遗憾。

我笑了，怎敢责怪他们说的都是小事，不够深刻没有多少思想性？哪个大人不是从小孩子走过来的？成长中的小人儿，遗憾的又哪能是惊天动地的大事？索性，也跟孩子们分享了那些洒落在我记忆里的遗憾。

小学四年级第一学期末，班主任老师让选三好学生，五十多学生只选两名。老师说先推荐五名，最后投票，选两名。那时，毛遂还沉睡着，再优秀的孩子也不会站起来说一句"我选我"，大家会笑话的。三十八年前，一学期到头，只有"三好学生"的荣誉，才不像今天荣誉遍地开花："总分第 ×""单科第 ×""进步生""特长生""优秀班干部""模范学生"，等等，以至于幼儿园夸张到每个孩子一张奖状。那时的奖状呀，因为稀缺而尤为金贵。

记得同学们推荐时，我的双手在桌子下紧张地握着，只要我的名字没有出现在黑板上，永远握不成自己满意的好看样子。

"卢培智"，不用说，人家考试老是稳稳地第一，虽然嘴巴像缝住了一样金口难开，可老师同学们都很喜欢。看来不管到啥时候，学习好的孩子都可以一俊遮百丑啊。"李绒仙"，长得清秀，学习也好，字还好看得要命。"行艳芳"，没她才怪呢，她的嘴巴厉害得像个萝卜叉子，霸道得让别的同学害怕。对，好像"霸道"就能占便宜，啥时候都行得通。

已经三个了，还没有我的名字啊。我的学习成绩一直很稳定，第二名，除了上课回答问题，也很少说话。学习上比卢培智差了那么一点，别的方面倒差不多。可卢培智的名字能第一个跃上黑板，而我无影无踪。多年后我才明白了：因为前面挺着珠穆朗玛峰，乔戈里峰就没了高度。可我还是希望同学们能看在学习成绩上而推荐我。

第四五个是谁呢，今天的我已经记不起来了。之所以记得那次，是因为没有评上"三好学生"我回去哭得稀里哗啦。我找了很多理由说自己应该被评上的，都被母亲挡了回去，说我还是自己不够优秀，并指出了我的很多缺点。

也是从那以后，我的性情开始改变：不再整天拉着死人脸，逢人不搭话。母亲说得对，我又不是人家卢培智——没人能挤垮的第一名，哪有资格不合群？遗憾都是自己身上的因，郁结出的果，怨不得别人。后来我更明白了，即便再优秀，也没有资格封闭自己，也只有打开自己，才能聚拢阳光。

那时的我不知道的是：从那以后，正因为凡事用心上心，才会觉得遗憾落满了我前行的道路。

五年级时的寒假，我终于得到了一张"三好学生"的奖状。过年前，第一次有好些学生给做教师的母亲送来了年画。"这些都是娃们的心意，得贴上。"母亲边说边满脸洋溢着骄傲张贴年画，那会儿她压根就没想到给我的奖状留个空。结果，那间经常来人可以显摆的房子被年画贴满了。

我决不允许自己辛辛苦苦努力来的奖状勉强地挤在年画里！二话没说，直接将奖状贴在了后院放柴火与农具的简易棚里，又蹲在棚子里哭得稀里哗啦。

好像是大年初四吧，被偶尔去后院的母亲发现了，她把我叫到跟前，气得戳着我的小脑门说，你再这样能把自家气死，谁也救不了你！而后把那张奖状揭下来，说太金贵了，妈都舍不得贴上去，还能叫你这样糟蹋？

那个年，应该是迄今为止我过得最最遗憾最最窝囊的一个年，好不容易得了张"三好学生"的奖状，却不能被左邻右舍的叔伯大妈婶子们知道，宛如把香喷喷的雪花膏擦在屁股蛋上。遗憾之余也有收获：每每我的倔驴脾气上来时，就想起那张在简易棚里待过的奖状，就开始来回想事情，不再把自己逼进死胡同。

这件事在多年后还常常被母亲提起，她满脸是笑，而我只有脸红的份儿，且脸红了多年：脸红自己的小心眼，脸红自己的死倔脾气。

回望自己的成长，似乎没有最遗憾，只有更遗憾，因为生活真的喜欢恶作剧啊。你觉得自己努力攀爬了很久，眼看着快够得着了，要得手了，手都殷勤地伸过去了，在想象的甜美中你的脸上都欢喜得灿若花开。可成熟的果子竟然脱落了，竟然刚好落到别人张开的嘴巴里。唉，是不是每个倒霉得要死的人身后，都站着个幸运得要发疯的人？

是，我就遭遇过。

还是五年级时的事。学校要选个合唱队去镇上参加歌咏比赛，十八个女生，从五年级甲乙两个班里选。

一个一个上前唱，老师们选。第一次选了二十二个，指定歌曲后，说一周后再选，再淘汰四个。我让表姐给我教，母亲还让她学校里的音乐老师给我指导了一番。顺利通过。

奇葩的事是在比赛前发生的：学校借来表演用的十八套衣服，竟然没有一件我可以穿得上。那时的我，用母亲调侃的话，一麻袋高，俩麻袋粗，确实体形欠佳。我又不足以领唱，也没有理由与大家穿得不一样，最后找了个同学替代了我。临上场，那个同学一再被叮咛，只张口型不出声。

如果遗憾有档次，这次遗憾应该让人笑掉大牙了。三十多年前远远达不到丰衣足食啊，我竟然可以在各种杂粮哄肚子的情况下长得那么苗壮，我的肚子，也太好说话了。

那以后，我开始靠近运动，踢毽子，跳绳。人长开了，抽条了，也不那么臃肿了。再后来还真喜欢上了运动，初中高中乃至大学，都参加过运动会。谁能想到，我曾是个小胖墩。

如果说爱运动是刻意地培养，那么痴迷看书，有点像与生俱来的。母亲说我抓周时，抓的就是仅有的一样纸质东西——老皇历。那时又没多少可以看的书。如饥似渴就不那么讲究了，逮着啥看啥，连养鸡剪树的书都浏览过，只要有字，就有吸引力。

有次去本村一表叔家，看见他家炕头有本厚厚的小说，不言不喘看了半天。时间不早了，只得不舍地回了家。几天都惦记着那书，终于熬不下去了，鼓足勇气到他家去借。表叔很惊讶，问当时咋不带回去，昨天才让个远处的亲戚拿走了。

遗憾了好多天，也怪怨了自己好多天。遗憾源于自己的胆怯：大胆说出自己的想法，谁说一定会被拒绝？

人生免不了与遗憾遭遇，精于算计的人，才不会让遗憾白来一趟呢。

一边静待花开，一边挖掘宝藏

我常想，如果我们做老师的真的像园丁，那面对的孩子们就应该是不同形样不同花期的花儿。既然花期不同，就得遵循花开的规律。

春天刚到，迎春花就花枝招展地成为最靓丽的一道风景，拉开了花开的序幕，才有了各种春花的次第开放。这种情形就像那些刚进学校就显得聪明无比的孩子，给老师们以快乐以希望。

夏天，各种花儿你追我赶热热闹闹竞相登场，绚烂无比。就像众多的受到老师们启发后立马被唤醒学习能力的孩子们，老师一点拨，就能跟上来。这些孩子让老师们收获了为人师者的成就感，最直观地展示了教育的力量。

秋天，桂花菊花不也在开放？"桂子花开香飘十里""要与西风战一场，遍身穿就黄金甲"，其形其势其香，何曾逊色于夏花？不就像那些心智成熟较晚的孩子，他们一旦接受了老师所传授的，也可能是最坚定最扎实的。

冬天，姗姗而来的蜡梅拒绝绿叶尽是繁花，开得蓬蓬勃勃，"雪虐风饕愈凛然，花中气节最高坚"，开得晚并不妨碍开得灿烂！这，不就是那些接受能力很困难的孩子？或许源于他们在固执地坚守什么我们不能轻易进入，或许源于他们接受时程序较多连自己也很疲惫。一旦心门打开，豁然开朗，花团锦簇。可能是大器晚成，也可能是坚韧的基石。

如果真的是"一花一世界"，每个孩子不就是一个小世界？我们要做的，就是让他在自己的世界里成为最高段位的英雄，自生风景自成日月。

面对孩子们，不急不躁不放弃的"静待花开"的老师，真是智者。他们一定知道，"静待花开"这个词儿更多的时候，是针对桂花、菊花、蜡梅花般的孩子。"静待"不是袖手，更不是忽视，而是充满期待地耐心陪护，恰到好处地施以援助。

常常面对那些很努力很努力而进步却微乎其微的孩子，总是满心疼惜，脑子里就沸腾着"静待花开"这个词儿。哪里忍心"静"？微笑的脸庞只是传递给孩子"我没有放弃你，继续努力"的信号，心里却近乎波涛汹涌：我该如何做，才能帮助你尽快走出困境？！

那些像蜡梅的孩子，想想都让人心疼：目睹了春花的骄傲，看到了夏花的灿烂，还有秋花的高洁，而自己，却一直在黑暗中成长，在默默地忍受无花的孤寂，在忍受中坚强地蓄势。她们一定也更恐惧霜雪，害怕自己因为长久见不到光明而永远无缘见光明吧？她们一定很辛苦地以强大的内心支撑着，说服自己不要轻言放弃。我们期待的目光、鼓励的话语、持久的帮助，对蜡梅般的孩子来说，就是最有力的陪伴！

在我们的孩子中，有无师自通的，有触类旁通的，有稍加点拨就醍醐灌顶的，有用力一推就上了高速的……呈现出"乱花渐欲迷人眼"的蓬勃之势是我们的幸运。只是，我们一定得记着，身边还有蜡梅的存在。

有时，我更喜欢把孩子们比作"宝藏"，不是为了突出老师的主动性，而是从教二十多年，撇开简单的学习成绩，真觉得孩子们身上都有不同的珍贵之处。我一直在做的，就是怎样很好地挖掘这一座座宝藏。

矿有各种，露天的，甚至自喷的，还有深埋的——深的程度还差异很大，也正对应着孩子们的种种情形。那些自喷的就是自学能力超强的，无师自通甚至远胜于师；露天的，也只需要我们稍加管理即可；用铁锨铲两三下就看见矿藏的，抢几锄头就露面的，我们也很轻松；有机器稍微挖掘就大放异彩的，我们也会很欣慰；而那些开采了很久没有回应的呢？

我喜欢将孩子们比作宝藏，有两个原因：一是埋的深浅不同，二是富含的物质有区别。"埋的深浅"这个问题类似于"花期的不同"，只需要老师们以极大的耐心来陪伴。而"富含的物质有区别"则需要老师们以智慧来辨别，并用较好的方式让孩子也欣然接受。孩子们都是宝藏啊，只是不同的宝藏，我们得帮他们正确认识自己，接受真正的自己，从而成为更好的自己。

之所以一直强调这一点——"富含的物质有区别"，首先源于我自己。

求学时，我一直在理科方面近乎苛刻地要求自己：数理化课本及教辅书上的例题背得滚瓜烂熟，老师黑板上的板书不落标点符号地抄在笔记本上，以全部的热情从不同方面对数理化围追堵截。结果，我精疲力竭瘫坐于地，它们跑得没了踪影。

我不够努力吗？上晨读背数学三更半夜还在做数学！

我不够执着吗？一道物理题我绕着圈儿问同学就是听不明白其中的道理。

我问自己得不到答案索性问班主任李老师。他微笑着说，你随意一写不修改，作文都一篇一篇发表，别人两节课写不出一篇像样点的。你就是一个文科特长生，不是理科的料。选了文科，几乎一路绿灯。

多年后，我的一个学生，全年级第一，就是不能理解某个句子里为什么要填"尽管"。当我嬉笑着说"你不是文科的料"时，我看见了自己当年的班主任李老师。可语文很糟糕的他，十八年前照样考进清华。

哪里只是一个我，只是我的一个学生？这样的人真不少啊。

一个朋友，眼下是全国小有名气的书法家。据说，当初学习在他就是受罪，不管啥课啥时候，千篇一律地一塌糊涂。老师曾很无奈地数落他：除了会写字，真找不到优点了。谁能想到若干年后，学习上一无是处的他就是凭一手好字将日子过得风起云涌。

我的小学同学，小学只读了四年，是饱受羞辱的四年，老师歧视，孩子们嘲笑。在所有人眼里，再也不会有比她更笨的孩子了。可年幼的我，觉得她真的很会说话，她说的话就是入耳就是好听。辍学后的她，从街上跟集会的小摊点发展到店铺，生意越做越好越大，现在已在小城开了两家规模不小的超市。她只是没有很快地表现出自己的学习能力，可她从小就会说话，说话就是社交能力的一种啊。

曾经连外婆都说的我的四舅笨得瓷瓷实实，瓷实得没有一点缝隙，说那就是花岗岩脑子。可四舅的木匠活方圆几十里无人能比，活儿做得极为精致，小日子不也过得很好？

东西放对了地方都是宝，放错了才显得很尴尬。孩子们也一样，发现了特长个个都了不起。学习上接受能力的优劣只是一个方面，执着是宝，诚实是宝……善良更是宝，这不就是"富含物质"的不同吗？优秀老师的智慧在于"鉴宝"——帮着孩子感受到自己身上的"宝"，绝不会因成绩那玩意儿"一丑遮百俊"。

如果能将孩子们视作宝藏，就给了老师极大的信心。在孩子缺乏自我定位时，在孩子不能坚持时，在孩子偏离方向时……甚至在孩子们无能为力时，老师也不会动摇。老师会坚定地告诉孩子：你是待开发的宝藏，你又不同于一般宝藏，你能自己努力，一般的宝藏只能静静等待。

看着孩子们，我常满心欢喜与期待，不知道将面对的是何等丰富又千差万别的宝藏，十分乐意陪着他们一起寻找那个最美好的自己。

有幸作为一名师者，愿你拥有静待花开的美好，更愿你执着于挖掘宝藏的幸福。

孩子，缺陷并不可怕

每一届带的孩子里面，总有看着让人心疼的：

有多动到上课时好像屁股下自带转子，不是转东移西就是挪后推前；有内向到很少与人交流，打死都不会主动跟老师说半句；也有敏感到别人的话语里不敢有一丁点风吹草动，都会联想到对自己的种种看不起；还有像大人般世俗到能迅速察言观色见风使舵，努力靠近班里所谓的"红人"……

这，还只是性格上表现出的种种，或许我只要努力引导，就会很快扭转。更有直接让我看着鼻子发酸，揪心得疼：

那个努力睁眼却永远都眯缝着像没睡醒的女孩，自卑到总是深深地埋着头，有人曾嘲笑她的眼睛是接生婆手指甲划拉出的；那个几乎没头发一直戴假发的女孩，同学一走近就高度紧张向后退缩，有人曾故意扯下她的假发；那个走路一瘸一拐的男孩，看你的目光复杂到不忍对视，他曾被顽劣的孩子伤害过……

世界很大，缺陷似乎也不甘寂寞地五花八门肆意张扬。那些外表看起来与别的孩子有明显不同的，只是看着，都让人心疼，让人担忧。心疼他们的不同，担忧不期然的伤害在其成长中从外在渗透到内心。我更得努力走近他们，从而推开他们紧闭的心门，让阳光照进去。

面对孩子们的我，一直是最坦诚最纯粹的我，不是高高在上动辄指手画脚的大人，而是将自己努力成跟孩子们一样的高度——如同其中的一位。

我何尝不是从学生走过来的？且是从最卑微的群体里站出来的。曾经的我，是让所有人都头疼让我自己也伤心的孩子。那些因外在有所不同而被自卑紧紧包裹的孩子，就是曾经的那个我。

面对孩子们，我一次次将曾经的自己带到他们面前。不是想说自己有多勤奋或者多幸运，只是想让孩子们感受到：不管身处哪种境况，正视自己接纳自己，而后竭尽全力，同样会内心无比丰盈，饱满而阳光，终能拥有灿烂的精神长相。

我更想告诉孩子们的是：不去看别人的长与短，做最好的自己就行。

成为自己世界里的英雄，自成风景。

只能先成为自己世界里的英雄，孩子与孩子之间有太多的差异。就像因上天粗心导致外在不同的孩子，会受到周遭人异样的目光、不友善的话语，甚至不同的对待方式。每个孩子脚下的起跑线及身后的推力千差万别，对那些不一样的孩子，做到自己的最好已属不易。

曾经的我，就是个"不同的孩子"。

有时跟孩子们正交流着，冷不丁地，会冒出一个念头：曾经的那个我会不会生气，生气我不顾及面子将不堪的她"请出来"？

曾经的那个我，长得五大三粗，至今拥有的还是四十年前小学四年级时的身高与体型。比我大两岁的二哥那时跟我一般高，还没我壮实。当你有更多的不同时，"高大"就会让它们都很难看地突显出来，比如我言语行动的笨拙、肤色的黝黑，还有——无法遮掩的缺陷。

"听我妈说，我还不到一岁，出天花，高烧不退，抢了条小命回来，右眼就歇下来了。好吧，'天花'，既然是天上的花，肯定不会轻易落在凡间寻常人身上。落到我身上，表明我不是寻常人吧。"

是的，我就是这么调侃地跟我的孩子们说起自己的儿时。我想告诉孩子们的是，"缺陷"这玩意是挺讨厌的，可真的无法避免时，来了就先接住吧。

有时我也纳闷，"回忆"这东西也挺奇怪的。按理说我提溜起的是一段段痛彻心扉的往事啊，应该一把鼻涕一把泪不堪回首才是配套表情。可我从没那样过。是我间接过滤掉了伤心，还是我直接焊接了破碎？

回首，往事结痂，疤痕成花。

有点缺陷的孩子似乎更应该完美，如果错题多了，同伴们会撇着嘴耻笑，似乎没资格笨。老师也可能目光忧郁得能拧出水，已经这样了，还学习不好咋办。事实是，缺陷有强大的能力，它会滋生出内向、笨拙、自卑，还会悄然吐丝，作茧自缚。

幸好，我成功逃脱。

我是在能察言观色后就开始解读种种复杂的目光：亲人是抱歉是疼惜，友好的人是同情是悲悯，陌生的人是异样后的种种。而学校，则是个特殊的环境，将形形色色的孩子们聚拢在一起，优秀的愈加鲜亮，笨拙的无处可藏，有不足的更加突兀。

我可能算是最早接受自己现状并开始艰难自救的孩子。对，"自救"，至今我都很喜欢这个词儿。

我屏蔽了所有的表情，只埋头做好一个学生该做好的。

不会做的题问同桌前桌后桌，问老师，不看别人的表情，也不理会别人有没有耐心，问到我想明白了为止。应该自己做好的，绝不马虎。生字、词，老师要求五遍，我会八遍十遍甚至更多，写会为止。数学太难了，一锅高黏度的糨糊啊，死活都不能理解就背，全部背过为止。轮到我做值日，一定会把地扫得干干净净，黑板上断然不会留下粉笔的划痕，直到觉得没人比我擦得更干净为止……

是的，我一直紧紧地抱着"为止"二字，我得让自己安心。

现在还记得班里有个腿脚不太方便的男孩子，在学校从不上厕所，哪怕再难受。他拒绝让别人看见自己一瘸一拐的样子，直到毕业。他恨不得将自己藏起来。也的确实现了这一点，像隐形人般很少有人记起，所以他还额外地收获了静默里几近荒芜的青春。班里还有个口齿似乎不太清的女孩，两次上课被讥笑后，变得金口难开。万不得已必须开口时，她也是以最最简单的字词作答。是没人再笑话她说话不清了，她不给任何人笑的机会，同时也封死了自己改变、突破的机会。班里还有个男孩，父亲失手伤人坐了牢的，好像是他自己犯了法，很少说话，更没有灿烂地笑过。他的青春也被笼罩在压抑的灰色中。

他们都没有自救，且让一点缺憾笼罩了全部。每每看到因有缺憾而远离阳光的孩子，我就会想起了他们，就愈加担忧，以至于宁愿丢自己的丑也要把他们从灰暗中拉出来。

如今想来，"右眼失明""腿瘸""口吃""父亲犯了错"，咋看都是呈递减的。比起他们的小缺憾，我是不是更有理由自卑与放弃，而后缩进自己的壳里？不是说"没有对比就没有伤害"，他们如果看着比他们更悲惨却一直执着而努力的我，会不会觉得亏待了自己？

今天的我，在课堂上春风化雨般以自己的爱与智慧滋润孩子们时，在考场外想着几十万考生在阅读自己的文章时，或者是站在报告厅前看着下面一片期待的目光时，眼前都会浮现出曾经的那个我。若非她屏蔽清空一切，执念于走向更美更好，我怎会遇到今天的自己？

听说，"天花"是种烈性传染病，痊愈后可获终生免疫。所有的缺陷何尝不是？治愈后，再回首，才会粲然一笑。记住，有人遇到伤害变成了丑陋不堪的怪兽，有人则修炼成了奥特曼。

孩子，缺陷不可怕，可怕的是逃避缺陷。

我在看着你们，感觉到了吗

初一年级，第二十二考场，按成绩排序的最后一个考场，收纳了每个班最后三名的考场。

孩子们在答卷，我在讲台上看着他们。

教室最南边那排。

第一个是戴眼镜的男生，握笔的手看起来很用力。距离远，看不清字迹，可那满脸的拘谨让我坚信：字即便写得不好，也不会太差。用心，总会有较好的结果。

第二个也是男孩，也戴着眼镜。突然有种心疼的感觉：成绩后三名的孩子也戴着眼镜，或许也曾为了学好习熬夜苦读，只是成绩不尽如人意罢了。一直，对于努力而没有好结果的孩子，我都疼惜。他左手指着点着滑动着，右手小心翼翼地写着。有人轻描淡写遥遥领先，把学习当玩耍；有人竭尽全力却一塌糊涂，让学习把自己整成笑话。

第三个是女生，没戴眼镜，头发高高束起，很利索，看着眉清目秀。一道题，她在草纸上一直算着，勾着画着，不烦不躁没有放弃，至于结果，何必苛求？

……

目光北移，第二排。

第一个是个小男孩，脸上还有婴儿肥呢。不好，他写错了。拿起橡皮，很卖力地擦，边擦边用小嘴吹橡皮屑，好可爱。而后，还将试卷拎起来，把残留的轻轻抖落。正好与我的目光对视，羞涩一笑，是打招呼还是表示歉意？

第二个竟是更小的孩子，小而瘦，不似前面那个小而胖。鹅黄色的帽子尤为亮眼，满脸稚嫩。如果不是考试，我都想拉他到跟前问问，你咋溜进初中考场，你像小学四五年级的孩子啊。是爸爸妈妈图清净过早送进学校的，还是营养赶不上没长起来，抑或是大人也都是瘦瘦小小的？

……

最中间这排紧靠着讲台。

第一个是高大的男生，不戴眼镜，有点小动——动在挠头抓耳却不知如何落笔。他发育好，坐在初三的教室里都没人觉得异常吧。喜欢运动？是不是将太多的时间都扔在操场的篮球架下，还是跟同学的追逐撵打中？上课用心听过吗，不宁的孩子。你懊悔了吗？很多孩子都是"考场懊悔考后原样"，这，才是生活的可怕：只悔不改，永远看不到生活可爱的笑脸。

第二个孩子，我怎样描绘你？"干净"？对，看着你的脸，觉得世界是纯粹的，生活是愉悦的。好像那张脸可以将一切烦恼一切委屈，都推得远远的。好像那张脸有过滤功能，大浪淘沙般只留下明媚与美好。孩子，你真幸福，拥有这样一张脸庞，有什么事做不好呢？只要下决心用功去做，说不定一切都会因它的灿烂而为你让路。你是不是还不知道，自己携带着无价的财富？

教室最北边那排。

……

第四个男孩，脸上是与年龄不相称的敦厚，似乎用"敦厚"不准确，是"诚挚"吧，或许还有点"坚毅"的味儿。又或许因为肤色黑，平添了"恳切"的感觉。做完一道，点头，是自以为做对后的满意吧？原谅我用了"自以为"，因为我在上学时，面对学习吃力效果极差的数学，也常常很用心很努力地去做，还总以为自己做对了，结果总是满纸错号。我有点担心，怕你跟曾经的我一样。

……

一个半钟头过去了，我在讲台上几乎没动，都站得很不舒服了。我怕我的走动影响了你们答卷，尽管你们是最后一个考场，每班的最后三名。

孩子们，可爱的孩子们，不是我矫情地用了"可爱"来讨好你们，而是我在静静地观察中感受到了这个词。我不知道什么原因导致你们暂时学习困难，我要说的是，在你们身上并没有让我一眼就生厌的成分，即便是中间那排有点小动的大个子男孩。

每个人的今天都是无数个昨天的日积月累，我们既然对昨天无能为力，干脆就揭过去。才上初一，真正的人生还没有开始呢……

正想着，心里一惊，马上就下考场了，你们将回到各自的教室。如果我没有猜错的话，你们中的绝大多数都坐在教室后面靠近卫生工具的角落里。很突然地，冒出个想法：如果把你们组成一个班，我来做班主任，会如何？

是的，四十八个目前学习比较差的孩子组成一个班。是一群无法无天的小捣蛋，能把教室的天花板掀翻？上课像进了菜市场下课如上了战场？扭着脖子顶撞老师扬起手打同学？……

呸呸呸，是谁那样想？看着眼前的你们，我相信，发生的多是故事而不是事故。

我们那个班呀，学习也是不能马虎的，拒绝知识的无知很可怕！只是，我不会在学习上定一个统一的标准。

学习能力强的，只是以前缺乏正确引导不曾有力监督的，我会让你们沉静下来，重新给自己定位，给自己一个努力的方向。能做好而没有做好，是对自己的伤害。

学习能力弱的，我们慢慢来。人优于过去的自己，才是高贵的成长。就像我小时候，学习一度很费劲，费劲到再努力都没有效果。我赌气般傻坐着不做作业——反正我总是最慢的。我的老师把我拉到跟前，握着我的双手说，不怕慢就怕站，只要往前挪，就是进步。我想，我会像我的老师那样，耐心地鼓励，静静地陪伴。

几乎没有学习能力的，我也得引导你们掌握必备的知识。这些知识能帮你们应付生活的常态甚至非常态，比如面对突如其来的困境及危险时如何自保或自救。

如果我们是一个班，应该是个特殊的班，特殊在于我们将很快乐。我会细心地帮你们"发现自己"。发现自己就是认识自己的过程，了解自己的长处与短板，而后打磨自己。

小小的教室完全可以绽放大大的梦想：

我们可以做手工，练习耐心与细致；我们可以做游戏，增添快乐训练思维；我们可以将一些课文加工，自导自演变成"课堂剧"……

生活是如此饱满与丰富，怎能在简单的一刀切后过滤掉美好只留下疤痕。而你们的人生，绝不可以因为起初的成绩而一生平庸无趣或坎坷绝望。

此刻，看着放在我面前的座次表：

成至开、王一鸣、肖锦瀚、唐果儿、王灏泽、张卓然、范李泽家、杜诗恬、姚韩儒、行锦波……

每个名字都是如此美好，像花，仅仅读一遍都唇间留香。像酒，只是轻轻一嗅就醉了自己。孩子们啊，每个名字都曾是希望的花苞，是在父母的期盼与热望中欢喜而来。只是因了各种原因，有些希望暗淡了，有些希望凋零了，有些大大的希望变成了狠狠的伤痛。可爱的孩子们，如果我们是一个班，我们要做的，就是将自己蒙尘或被误解的名字擦拭到明亮，而后看着镜前的自己，会心一笑。

　　孩子们，你们在答卷，我在看着你们，看得我自己心疼，你感觉到了吗？

为自己的短视而脸红

已经入夏，我才提笔写发生在春天的一件事。想起这件事，就有种脸红的感觉，不好意思开口，也羞于提笔，直到多天后的此刻。

开春的一天，接到一份快递。打开，一本书，"王恺华著"？难以置信地揉揉眼睛，没看错，就是记忆深处那个让我一直很受伤的名字——"王恺华"。我常常独自念叨的一个名字，曾让我觉得被辜负的名字。

捧起书的一刹那，心头郁结了十多年的那种隐隐的不舒服消散了。或者说，那一刻，我才读懂了王恺华，一直在暗夜中独自前行的孩子。

捧着书，我的手有些颤抖，我从来没有接受过如此贵重的礼物，一本独特的书。扉页是序，只印着一句话：

"赠张亚凌老师，感谢您在我最好的年华，给了我热爱记录的希望。"

这本书这句话，一下子将我的记忆拉回到了十多年前。

那时，我们学校在孩子们升初三时会重新分班，而我一直带毕业班，恺华是我在初三时才接触的孩子。他在班上的排名很靠后，如果我没有记错的话，应该在倒数第十左右。在班里，他沉默到恨不得让所有人忽略自己，可尴尬的是，每天早晨他都会因为前一天的作业没有做完而被科任老师罚站。

在我眼里，恺华不同于别的学习困难的学生——抄照作业或撒谎作业做完只是忘在家里，等等。

恺华从不抄照作业，只做好自己会的，遗憾的是，他不会的总是不少。他的坦诚，让他成了学困生中的另类：学困生觉得他还想与他们划清界限，笨狗扎狼狗势，排斥他。他的不抄不照，又让老师们不舒服：觉得他不会不要紧，可连照抄都不屑，那是死猪不怕开水烫啊，破罐子破摔的节奏。

恺华上课从不骚扰别人，下课也大多在自己座位上沉默或独自站在教室外面远望。这一点，连我都有点担心：

学习差点也不是致命的，学习又不是人生的全部。可性格是一定不能有问题的，一个自我封闭的孩子，会不会挡住原本可以拥有的一些快乐？顽皮是孩子的天性，不好学的孩子多好动，也算青春旺盛精力的一种正常释放吧。他总是那么安静，内心不需要宣泄吗？

好几次准备上课，看见他站在教室外面，我轻轻地拍了一下他的肩膀，问想啥呢，他总是腼腆一笑算作答。

课堂上我喜欢以孩子们举例，觉得那样他们会有更真切的感受，写作课更是如此。

"上课前，我看见这样一幕：王恺华站在教室外面，仰着头，目光好像落在云端，我似乎都看见了他身子前倾，似乎也要拔地而起……"

而后我问孩子们，我这样饱含感情地去描写，想表达什么？

有孩子嘻嘻地笑了，有孩子调侃道"想飞起来啊"。我给出的解释是：我想通过外在刻画，来表现恺华是个心怀梦想的人，他随时都在努力，让自己的行动追上自己的梦想。

一些孩子扭头看着王恺华，一脸真诚，写满期待。王恺华呢，似乎羞红了脸。那一刻，我与我的孩子们都很快乐。

我一直让孩子们写日记，觉得书写是看守自己的隐蔽又深刻的方式——在看得见的书写中更容易反思自己规划未来。一天，恺华的日记触动了我。他写了自己糟糕的现状，写了自己无望的努力与无助的茫然，写了自己都恨自己无力改变什么的沮丧……他写了很多很多，足足两页，看得我心疼。我第一次在文字里走近了恺华，第一次如此真切地感受到学困生的心情与思想。他一直没有放弃自己，一直在自我救赎，只是差距太大，连他都说自己的努力看起来更像个笑话。我保留了那篇日记的原汁原味，一字一句地敲在电脑上，直接帮他投了稿。

一个多月后，恺华的那篇日记刊登在报纸上。报纸的名字，我现在倒记不清了。

他的日记？哈哈！

竟然发表了？可能吗？

在别的老师与学生都觉得难以置信到满地找眼珠时，我笑了：写作原本就是个性体验，最好的写作就是真诚写作。记得当时我还趁机给全班同学上了节写作课，目的是告诉大家：写好作文很简单，用心，说真话，就行。

恺华除了日记越写越长外，似乎在别的方面没有什么大的变化，这一点，多少让我觉得有些懊恼。因为在恺华之前，好些孩子因为发表了一篇作文，改变了自己的性格及学习上的排名，整个人焕然一新。而恺华，依旧不会的不抄不照，依旧安安静静地独来独往，关键是排名依然没变化……

源于恺华的个性，还是那篇日记，反正我看恺华与别的学困生是不一样的。好像他就应该从学困生里拔出来，好像他就具有改变自己的潜质，好像他就应该给我展示出另一个"王恺华"。

看他的目光从很期待变得很急切，从很急切慢慢地变得有点沮丧，再从沮丧变得很失望。好——像，他辜负了我。我一直没有把他视作无药可救的学困生，我一直期待他遇见更好的自己，可他，从未改变。

恺华没有考上高中是情理之中的。而后，我们彻底失去了联系。

说真的，我常常想起恺华，想起他就有种憋屈的感觉，想起他就怀疑自己对文学的定义是不是有问题？我坚信文学可以改变心境，能够注入力量，会促使接近她的人向着更美好进发。而在恺华这里，如重拳击在钢板上。

以后的这些年里，特别是面对那些学习靠后的孩子时，每每我想以书写或文学浸染他们时，就条件反射般想起恺华，好像就有一盆凉水，从头顶浇下。

我不是一个斤斤计较的人，可偏偏就跟曾经的一个学习困难的孩子计较上了。真的，多少年了，想起他我就很遗憾：我没有为自己的不大气而不好意思，只为那些被我疼惜过的文字而觉得憋屈。恺华，在我心里，已成为孩子们与我深爱深信的文学之间的一个梗。

十多年后的此刻，拿着恺华出版的这本诗集，看着"感谢您在我最好的年华，给了我热爱记录的希望"，仿佛恺华就站在我的眼前，一脸含蓄的笑，似乎在向我解释："我没有辜负您，张老师。"

或许每个人都是一种植物，都有自己的花期，而恺华就像一株蜡梅。又或许每个人都有让别人关注自己的方式，恺华应该是凭借执着达到自燃——出版了诗集照亮了我的眼睛。

收到书后的某一天，恺华加了我的微信。说那次发表让他觉得自己还不是笨到一无是处，毕业之后参军，如今已经签了士官三期，过得挺好的。说他现在还在写日记，后来喜欢上了写诗，一写不可收拾，写了几百首，索性选了二百首出了本诗集。我在他的朋友圈里看他的照片，依旧那么腼腆，腼腆里无法掩饰的是坚韧。

此刻，我在回忆着恺华存留在我记忆里的点点滴滴，也在羞愧着。羞愧于自己的短视——将文学的影响仅仅看作成绩的提升，我是何等浅薄，不是恺华辜负了我的努力，而是我，辜负了文学的美好！

愿你记住那段美好时光

孩子：

我还是称呼你为"孩子"吧，我喜欢这样称呼我的学生们。你是知道的，即便在课堂上，我也总是热情洋溢地喊"孩子们"而不是"同学们"。原因很简单，我一直觉得师生一场都是缘分，那么多班级一千多名学生，我们能在一间教室里相遇，怎能没有幸运的成分？我很珍惜这种神奇又美妙的缘分，就一厢情愿地将一届又一届的学生视作自己的孩子。

孩子，你是中途插班进来的。见到你之前，有人已经给我打了预防针，说了你情况的特殊，让我别对你要求太严，你跟别的孩子不一样。真是事与愿违，她那样详尽地说了你过去的种种，提醒的结果恰恰相反，你的情况让我很心疼，我只有一个想法，好好照顾你，陪伴你，绝不会像以前的老师那样"区别"对待你。

我压根没有像别人叮咛的——"睁只眼闭只眼，少惹，不出大问题就行"——那样，只求你能顺利到校并安静待着就行。我观察了你，你完全可以跟别的孩子一样做好事情，只是心理上有些疙瘩，很多事没有放下。心里塞满了不好的往事与不大正确的想法，自然容不下别的。我有信心解开它，尽管不是我造成的。

没有给你搞特殊，像要求所有孩子一样来要求你。

按时到校——作为学生最最简单的要求，可以有所删改但必须交作业——作为学生最最基本的要求。

额外的，要求你每天写日记。在长短上不做任何要求，只要每天写，真实写，哪怕是一句话，都行。我只是想让你由此学会回望并看守自己。每个人的今天都是从昨天走来的，你要学着了解自己，对自己负责。

你还记得吗，曾经的每个周末，我都会跟你一起看一遍你的日记。是不是不顾及你的隐私很过分？可是孩子，我有我的理由：每个周末一起看日记，是我对你发起的"攻坚战"。

此刻，我又想起了一个周末，很多周末里最普通的一个。我们一起打开你的日记本，我瞥了一眼，你有点脸红。我心里窃喜，脸红好啊，脸红的孩子绝不会油盐不进刀枪不入。

"无聊。"这是你周一的日记。

"不想做，作业太多。"周二的。

"生下来就是大人多好，不要上学。"周三的。

"想起周末跟她去好又多超市，买了好多东西，需要不需要都买。花她的钱不心疼……"周四写得长了，只是迸溅着负面情绪。

"懒得理李敏，嘚瑟自己有个学霸哥。"周五的。

边看日记，我边显得随意又极为小心地跟你聊天——

我先问你为什么只写了"无聊"，你笑着说都忘了，可能当时觉得没意思吧。我就跟你聊到我自己，我的日常事情，我忙得都没时间生气，有事做自然不会无聊。我笑着告诉你，无聊也是个欺软怕硬的家伙，对心里茫然或懒惰的孩子，就异常嚣张，让你觉得它强大到无处不在。我们就怎样才会远离无聊，又交流了很多。

我说学生偶尔"不想做作业"也正常，还坦诚地告诉你，大人有时也会有偷懒的念头。有句老话说得好，"人怕做事，事怕人做"，只是大人更理性，能说服并强迫自己。孩子，我都算比较自律的人，还攒着做家务呢。我们一起努力，把坏毛病从身上摘干净，咱师徒俩清清爽爽地继续赶路。

"生下来就是大人"？这真是个大胆而奇妙的想法。不过倘使成真，倒是太残忍了。大人的生活是什么？扛着生活的担子，生儿育女养家糊口。再大的压力也得不哭不闹地挺着，因为肩负责任。亲爱的孩子，如你所愿"生下来就是大人"，人生不就真的成了一次炼狱之行？听我这么说，你挠着头满脸不好意思。

"需要不需要都买。花她的钱不心疼"？我问你怎么会有这样的想法时，才知道你的成长环境：一直在外婆家长大，姐姐跟着爸爸妈妈在城里，你偶尔到城里，有人时管爸爸叫"舅舅"，管妈妈叫"妗妈"。你是上小学三年级才回到爸爸妈妈身边的，直到现在，你都无法把那个地方当成自己的家。外婆是三年前去世的，就是在那时，你觉得自己真的没家了，混一天是一天，对爸爸妈妈的抱怨却与日俱增。你流泪了，我没有再说什么，语言是苍白的，我起身从后面抱住了你。孩子啊，就是那一刻，当你打开心扉的那一刻，我暗暗告诉自己：我捡到了一个孩子，她需要驱逐心里堆积得厚重的阴冷。

好老师应该是一块光斑，照到哪里，哪里就温暖而明亮。我想成为你需要的光斑。而日记，是把随心的钥匙，我想借此推开你的心扉，才能照进去。

后来你的日记越来越长，我感受到了你正努力地走出过去。虽是严冬，我嗅到了春的气息。

那一年我出版了五本散文集，每本都买回来写上寄语送给你。你像我的孩子般开始黏着我，努力完成作业，在我的推荐下还发表了一篇文章，第一次领到了稿费。我们还喝了果啤庆祝。

可是孩子，你与数学老师还是起了矛盾。

起初我并不担心，坚信自己可以说服你，也觉得自己可以与数学老师沟通，让他放下对你的成见。想来事情不是很复杂的，你作业没完，老师让站出去补写。如果仅仅这样，似乎也不至于有大的冲突，问题是老师让站到广场中心的旗台下写。那个地方，一下课，周围教学楼上的孩子都会看到，我自己都觉得一旦站到那里，真是丢人丢到太平洋了。也不知道哪位老师率先选了那里作为惩戒地点，或许是觉得更有力度吧。

你不干了，当即反驳了老师，质问道："没完成作业是我的错，干嘛要羞辱国旗站到旗台下？"当老师说出"叫你站到哪里就站到哪里"时，你愤怒了——愤怒时都会口不择言的，你反问了，"数学老师是不是就不应该有文化素养，不知道旗台是让人肃然起敬的地方？"而后收拾书包离开了教室——不是站到旗台下而是走向学校门口。

孩子，当别人给我复述你的语言时，我真的不知道是谁的错。第一个反应上来的是怪我自己，对你是不是唤醒得太快太多，又不曾教会你审时度势与不同场合下的灵活。

这个导火索点燃了你父母的情绪与不安：他们都那么哄着你惯着你由着你，老师怎么闹出那么大的动静？倔强的你会不会再不去学校了？是不是老师道歉了你才愿意再上学？

事情失控在于他们来学校与老师有了纠纷。

当我到你家时，你只是说"没脸到学校了"。因为老师还是父母，我不知道。你的爸爸妈妈也说不回原学校了，给你重新联系学校。

我突然有种深深的悲哀：已经起航的船只，将再次搁浅。

当我离开你家时，你说想送我个礼物，让我在你的房间里随便选，啥都行。我拒绝了，只是告诉你，最好的礼物是你的日记本，可老师不能自私地带走，让它继续陪着你。

在你家门口，我再次叮咛你：记住老师的最好方式是坚持写日记。

是不是我很迂腐？

从上学期末到现在，你在别的学校已经生活了三个月，愿你安好，愿你记住我们在一起的美好时光。寒冷时，用它取暖；灰暗时，拿它照明。

写这封信给你，只想告诉你：你的成长中，有过我，有过美好，希望，更应该一直有。

愿你向阳而快乐！

你的亚凌老师

第四辑　有回忆的青春都不赖

同桌那些事

如今想来，我灰色的青春源于没有遇到一个有趣的同桌。同桌虽然换了一个又一个，奇怪的是却像一个模具里倒出来的：沉默、好静，还都是学霸。

那时的我，看着同桌心里就堵得慌，就慨叹：一个孩子的快乐度真的取决于她的同桌啊。

三十五年前，男孩女孩都不说话，一说话就是吵架。老师为了教室的安静，就偏偏让男女做同桌。

看看别的同桌吧：

桌子上都有条"三八线"，经常因为谁越了界，先是撞胳膊，而后争吵；也会为了做值日时谁扫多了，该谁擦黑板，而吵吵闹闹；还会因为后来的想进里面的座位，外面的不起来让空儿，挤不进去而摔书斗气……

算了算了，给你这样说吧，人家的同桌，都是会出气的活物。而我的同桌，不论哪一任，都一个德行：

趴桌子不理会我占多少，有时我赶到时人家把地都快扫完了，我还没靠近座位人家就站起来给我留出空儿……

没有任何纠纷与摩擦，倒让人觉得无趣至极，好像我就多么让人生厌，不愿意与我有一丁点的牵扯。

一直不知道为什么，一进入初中我就被指定为班长。或许是因为我傻大个，或许是因为我看起来像个女汉子，或许因为老师真的没有合适的人选就把麻秆顶旗杆？反正我一进入初中就是班长，一做就是一年半，还是六个班里唯一的女班长。

我掌握着全班学生的"生杀大权"，初一时的班主任是个体育老师，一直是以我的汇报来处理班务，处理的方式也很体育：不是揪着耳朵扇，就是踹几脚。而我又是认真过度的孩子，专门有个本子，会形象地描绘班里某件事的详细过程，也能生动地记录整个事件中牵扯的学生的言行，顺带还揣测其心理。

扯远了，回到同桌上。

我初中时的第一个同桌，姓田。我任何时候无意间与他的目光相撞，他都立马调整成一种很无辜的表情，清澈的大眼睛里尽是不安，似乎很胆怯很可怜地在问我"我又怎么了"。奇葩的是，他这一表情却让我很受伤，让我产生了一种莫名的感觉，好像瞅他一眼都是我在欺负他，以至于他犯了错我竟然不忍心记下来。多年后我才想明白了，那小子贼精，有种示弱其实是以退为进。

田同桌的安静表现在下课很少出去玩，总是拿起下节课的书，该背背，该念念。只是，他是边瞅着外面边预习的。我曾悄悄侧视，感觉他的安静是那种压抑着沸腾的安静，他的目光里似乎跑出了无数双脚在外面撒欢。

他的考试成绩一直是我们班前五名，初中三年。

我的第二个同桌姓秦。他是期中考试后从城里转到我们小镇中学的。

就是在那个时候，我觉得词语其实都是有生命的，只是单单等着一个人或一件事来激活它。比如，"鹤立鸡群"这个词儿，就是等来秦同桌才活泛在我脑海里的。

秦同桌皮肤白皙，身上似乎总有一股淡淡的清香味儿。不像别的男生说话像放炮，做任何事，幅度都很小，轻轻地，像是尽可能隐藏自己般。可他自带光环，来之后稳居全班第一，就像珠峰覆盖白雪想隐去自己，结果却变得更高一样。

我写作业经常占去了多半桌子，秦同桌可以挪至三分之一处甚至一角，并不影响他书写的漂亮，我的字依然比人还难看。我也曾记下秦同桌上地理课做数学题，可班主任连他的衣领都没拽一下，只提醒他要注意。看来别人对你的态度取决于你的状态。有时在我绞尽脑汁毫无头绪时，秦同桌会将完整的演算过程推到桌子中间，我便飞快抄写。

秦同桌下课也不大出去，喜欢用铅笔画画。画着画着，脸上就有了浅浅的笑。

初中三年，没有听过秦同桌一句响亮的笑，没有见过秦同桌一次过大的表情变化，没有见识过秦同桌跟任何人有过矛盾或者来往密切……还是觉得哪里不对劲，秦同桌咋看都像教室里挂的一幅画，好像完美到失真。不知他回忆起初中生活，会不会觉得我们都很小儿科，很幼稚？

我的第三个同桌姓卢。卢同桌很奇怪，好像随时装满火药，跟谁说话不超过三句，就竖眉瞪眼起了高声，甚至拍桌子，似乎他处处都有不允许别人碰触的区域，却从未跟任何人真动过手。

除了高声，他是绝对安静的。

不管谁问他题，他只需看一眼题干，就拿起笔，一步一步做出来，而后将本子推到你面前，从不讲解。是自卑得怕自己说不清，还是高傲得懒得开口？天知道。

他数学超级好，作文极其差。每每写作文，就趴在桌子上烦躁地转动着笔杆，简直就是找不到出口的困兽，给了数学一塌糊涂的我些许快慰。

第四个同桌姓徐，徐同桌成绩一直是紧咬秦同桌的。插一句，我们班女生性格活泼，却不争强好胜，成绩大多普通。最最好的，也只是勉强挤进班级前十。

徐同桌的安静，是那种阳光般的安静。他明明没动，周围人都像为了取暖般簇拥而来，人缘极好，也是女生宿舍晚上谈论最多的人。有段时间，徐同桌喜欢上了看诗集。我偷偷瞥了一眼，诗旁边的插图都是怪不溜湫的外国人。

坐在我前面的是甄静，一点都没辜负名字，女生里最最文静的一个。甄静是女生里最最好看的一个，只是学习很一般。

一天，从甄静书里掉下来一页纸，被她那唯恐天下不乱的二货同桌飞快捡到。"我愿意是激流，是山里的小河，在崎岖的路上，在岩石上经过。只要我的爱人，是一条小鱼，在我的浪花中，快乐地游来游去……"甄静的二货同桌扯着公鸡嗓子阴阳怪气地读了起来。大家都看着甄静，她倒一脸茫然。

"甄静给男生写情书"的流言因此事开了口子……我是从这件事上明白，凡事不敢开口子，一开，就泛滥了。班主任找了甄静，又叫来了她的父亲，让把她领回家好好反思一下。几天后，甄静的父亲到宿舍搬走了她的铺盖。那个叫甄静的女生，从我的初中生活里彻底消失了。那时辍学的孩子比较多，每学期都有几个不来的。

记得在那件事发酵时，我曾在宿舍里暗示说徐同桌在看诗。可别的女生都说，就是徐同桌写，也不会写给甄静，她有啥了不起的。一定是甄静写给别人还没送出去被发现了，竟然还想到用不同的字迹写……没有人愿意相信是徐同桌写的，即便她们看着徐同桌当面写，都会认为是被迫的。徐同桌是大家的白马王子，怎么能属于某个人呢？

或许只有我察觉到，徐同桌有几天情绪不对劲，后来还请了几天病假。

我因此开始反感徐同桌，敢做不敢当的缩头乌龟。只可惜那时我不再担任班长，只是学习委员了。长大后才发现，由不得自己的事越来越多，该自己负责的，做到不推诿也不是件容易的事。

还有贺同桌、金同桌……每每想起中学生活，最先醒来的，还是关于同桌的记忆。

有回忆的青春都不赖

想起青春，似乎一片苍白。

丑不要紧，活络点，也是招人待见的好绿叶。轴不要紧，好看点，也有可以被原谅的本钱。倔不要紧，聪明点，也能拿出正确的坚持让人高看。笨不要紧，慢一点，也有聪明的可以让你去尾随。根本没有要命的错，只有直接毙命的组合。

而青春时的我，丑轴倔笨，简直是天衣无缝连神仙都会耸肩表示无奈的组合。

在长相这件事上，我算领教了社会学与遗传学的霸道与无情，对它恐惧又绝望：对你伤害最大的可能是与你最无关的，如爹妈给的长相；爹妈单个都蛮好看的，却比中头彩都难地居然神组合出看哪都别扭的你。

拒绝直面长相。这是我保护自己的独门绝技——凡是自己不能做主的，一律视而不见。

我很倔，不承认自己的笨，苦学死学，刻意拒绝玩，似乎不玩就是学，哪怕人安静成雕塑。每每下课，除非去厕所，我都会打开课本预习下节课的内容。书是打开着的，目光却会瞥向热闹的窗外。

我的座位总是挨墙靠窗。只是我也不大明白，是因为学习差才被发配戍守边疆，还是因为总镇守边疆而学习差。不过那种位置倒便于我神游四方。

窗外总是学霸的身影。一下课他们就逃到教室外面，吃着零食，嗑着瓜子，聊天说地好不热闹。他们看上去就不学习，上课也说小话，可成绩却是无可挑剔的好。奔来跑去打来闹去的多是比我还渣的学渣，多是上课趴在桌子上休眠，下课就成了喷涌着的活火山。

至今我都觉得成绩这家伙特势利，它喜欢锦上添花不愿雪中送炭，见了那些门门都超好的学霸，像哈巴狗般屁颠屁颠地摇着尾巴总是讨好。而一见努力想靠近它的我，就像躲瘟疫般满脸生厌地逃离了。以至于多年后看到班里一孩子在作文里写的话，还会崩溃：

"成绩如果是个人，我会天天讨好它；成绩如果是个神，我会天天烧香拜它；成绩如果是个鬼，我会半夜三更起来陪它聊人生……我都想把自己的名字改为'赵成绩'，幸运女神会不会就能降临……"

如同看到了三十多年前的自己。

这样也挺好。这样的我没人打搅，连苦恼都很简单——如何学好习。不像美丽或学习好的同学，她们的苦恼太复杂：谁与谁亲近了，又与谁疏远了。这个送礼物那个递纸条，该喜欢哪个。去年的衣服已经跟不上今年的审美了，该买怎样的新衣服……

那时候唯一陪伴我们的是日记。我说的是"我们"而不是"我"，如果没记错的话，八个人的宿舍里至少有六个人天天写日记。

最好的本子一定是日记本，也一定是塑料封皮。就放在枕头下面，吃完饭写几句，晚上睡觉前写几句。都知道别人的日记本就压在枕头下，也没有谁去偷窥别人的隐私，至少我没有听过关于日记的任何闲言碎语。

学习不好没有朋友，似乎寂寞冷静，可拿起笔趴在床上写日记，同样有滋有味。智力可以阻止我成绩的提升，相貌可以限制我被人喜欢，脾性也导致我沦为孤家寡人，可写起日记就不同了——没有人可以阻止我的想象限制我的快乐。

在日记里，我摇身一变就成为智慧与美貌并存的公主，在我的身上也可以发生美丽的故事而不是现实里总是事故。我不曾抑郁不曾堕落，真得感谢日记：时而是不良情绪的出口，时而是收纳阳光的小窗子。写日记更像瞪着眼做美梦，梦醒后笑笑，而后继续低头做永远看不懂蒙不对的习题。

对了，青春时的我还是倾听者的最佳人选。

我也不知道她们何以都选了我，可能觉得跟我说话都是莫大的面子，何况给我说自己的小秘密。又或许她们觉得秘密说给没有朋友总是静默着的我才是安全的，就如同说给树洞。青春时的我没有辜负这份脆弱且没有理由的信任，只是多年后这些小秘密大多乔装打扮溜进了我的文字里。连我也纳闷，它们在我心里藏了三十年竟依然晶莹剔透如枝头露珠。

如此看来，我的青春倒像看专场的华美演出，观众席上永远只有一个我，台上演员变化不停却都铆足劲地演好自己的角色。

青春里似乎没有对错，没有美丑，能留在记忆里的，都是值得的。至少，这些回忆可以给如今更平庸的生活做人工呼吸。

带伤，也要跑成一股风

曾经在某一个时期，我疲惫不堪又无处释放，想努力又找不到方向，觉得自己的存在更像个恶作剧。

长相呢，上中学前，比大我两岁的哥哥都高，还很有蛮劲，被妈妈当男娃使唤。肤色很黑，用巷子里婶婶们调侃的话说，不小心掉进炭渣里就找不到了。眼睛细小，大眼睛的妈妈经常左看右看，看得自己直叹气，而后哀求我：你能不能把眼睛再睁大点，咋那么懒啊，得是接生婆的指甲划拉出来的一道缝儿？

而性格，用我妈的话说，一根筋，九头牛都拽不回来，还死偬死偬。我爸常因此老训我妈，看你那女子，得好好教教，说话不是拿着斧头在砍人，就是端着机关枪在扫射，一开口就能呛死人。妈妈也就常戳着我的脑门数落：说话绝得没个回旋，你是卖毒药的，想毒死人呀？

这些，起初我都不在意。长相是爸妈给的，怨不得我。性格不好不合群，大不了我自个玩。上了中学才发现，一切不是我想的那样简单。

我学习不怎么好，别人就不大看上眼，再加上长得不好看，就让人生厌了。是小学时不那么明显，还是小孩子真无邪？哪怕你鼻涕奔流她一瘸一拐，大伙儿依然一起玩得不亦乐乎，没有歧视还会照顾。拉在一起的小手从来不论黑与白，胖与瘦。上了中学，个子长高了，心却不透亮澄澈了，蒙上了太多的尘埃。孩子们似乎更注重外表，将"心灵美"早已打包封存。

他们无意的讥讽才可怕。因了无意，随时随地无法提防，都会发生——

"那独眼龙还厉害得不行。"

"除了会写作还能咋？"

"……"

他们在说我，我的作文又被语文老师大肆表扬了。听妈妈说，在我不到周岁时出天花，高烧不退，延误了病情，我的右眼从此自作主张不再工作成了摆设。可在此之前，我从来没有关注过它，更不曾感觉到它造成的不方便。在此之后，对它，我也只有抱歉。

那些不友好的话语并不曾影响我写作文的爱好，相反倒让我更加努力地去写：我就是要用我的作文让你们感觉到我的存在，哪怕是硌得你们难受，只为硌去对我的藐视。

"看三班那个黑不溜秋的，还滚得快。"田径比赛中，200米短跑我第一个撞线时听到了这么一句。

真搞不懂，跑得快慢与肤色有关系吗？我能跑过去揪住他们的衣领大声质问吗？我不能，我知道，自己真的很黑，黑得让一切黯然失色。可我还是热爱体育，——跑起来风一样的感觉，可以将一切烦恼甩得远远的，人顿时觉得清爽无比。

在我，让人尴尬的事从来不会缺席：作文写得漂亮，可数学一塌糊涂。以至于我开始怀疑自己的智商：一上数学课，我的脑子就成了一锅糨糊，绝对是高黏度谁也搅不开的糨糊：越害怕听不懂越想集中注意力，越集中注意力越跟不上趟，越想让自己认真静心，脑子越像千军万马飞奔而过的跑马场——扬起的飞尘隔断了我对知识的接收。连我自己都搞不懂，是没听懂还是压根就没听进去？节节课下来，脑子乱糟糟的，以至于我都想把自家的脑子拎出来，用手好好捋一捋，看看到底哪里短路了。

上课没听懂，似乎也没有可以求助的同学：

"人丑无友"，好像跟丑人在一起自己也会变丑一般；"性格孤僻"，别人还没走近就觉得不好相处；作文又超好，每次被语文老师在班里范读精讲。学习跟不上趟的学生，觉得我不属于她们。学习好的呢，又因为我只是作文好而满眼鄙夷。如果说人是群居动物需要归属感的话，我都不知道自己该靠拢哪边。

没有同行者，孤单、无助，时时受伤。这样的我，连自己都忍受不了。每天的日记是出口，每次的作文是憋屈许久的释放。可这些都不能拯救我一塌糊涂的数学啊。

我只能上课高度集中注意力，尽可能把所有的板书都抄下来，把老师着重强调的用红笔醒目地批注。又感觉一节节课都是手忙脚乱地做笔记，以至于不能好好听讲。

天哪——，莫非我真笨得不可救药登峰造极了？真恨不得拎起自己的头发，把那个蠢货扔进太平洋！觉得自己再也坚持不下去了，数学像个有无数利爪的黑洞，在一脸狞笑地拉扯着吞噬着我，我得抓住什么。

我能抓住什么呢？可我真的必须抓住什么！我环视，我打捞我的希望，最后将唯一的希望投向数学老师，一个课堂上看起来很是威严的老师。

第一次大着胆子找到数学老师，跟老师说着自己都想把她讲的每句话每个字记住，她在黑板上写的所有例题所有过程我都丝毫不差地抄下来……我像豁出去般一直顾自说着。

数学老师一直看着我，慢慢地，在她的目光里我感受到了不同于上课时的感觉，却说不清具体是什么。有点像我赌气时妈妈看我的目光吧，是——心疼？

"真是傻孩子，你那么辛苦咋不找老师？老师不只是在课堂上出现，老师就是你在学校里的妈或者爸……"数学老师拍着我的肩膀拉着我坐在了她的对面，我第一次那么近地看着她，老师并不像课堂上那么威严。"用力过猛也不是好事情，你的心太重了，倒容不进老师讲的知识了……"

老师的话语里没有丝毫责备，却像戳破了我的泪腺般，我无法抑制地哭了。是绝望里看到了一丝亮光的欢喜，还是孤单久了遇到伴我前行的人的欣慰？是坠落中遇到一股可以托住我的力量的由衷感激，还是庆幸自己可能走过泥泞踏上坦途？这一切我都没有答案，我只知道，哭过后心里亮堂多了。

那次在数学老师的办公室里，她让我不必紧张彻底放松，给我讲了一道题。我听得明明白白，对老师提的问题也回答得准确而清晰。原来我的理解能力没有问题，只是过于担心过于紧张罢了。临走，数学老师还开玩笑道，我以为你只喜欢写作文，不想学好我的数学呢。我一歪头，笑了，满脸不好意思：我哪有资格轻慢任何一门功课？我一直在努力啊，只是没找对方向。

在后来的日子里，对我来说，各方面的困难依旧随时出现。我学会了安慰自己：继续想办法解决吧，你不够完美，才能更好。

没有宿舍，我必须每晚走读，遇到了善良的霞，每晚去她家借宿，还有夜宵吃；

英语差距太大，我将少得可怜的零花钱攒下来订了《英语园地》《中学生英语》等杂志，自虐般天天大量做题；

高考体检时，失明的眼睛被误以为青光眼不能参加高考，热心的班主任找到医院做检查开证明；

我很庆幸，在奔跑中我学会了借助更强大的力量，并咬着牙坚持下来，才得以遇到今天的自己。

小秘密开成花

当孩子给我说他们班的那个女孩很可爱时，我注意到了，他的眼睛里是很明亮的欢喜，他的嘴角害羞地上扬成最好看的样子。我知道，他的心里一定是激荡着满满的欢喜。临了，他终于扯去遮挡，说，老师，我就是厚脸皮，不怕你笑话，我觉得是真的喜欢她。

我陪着他一起笑了，很宽容地笑。看着他，我宛如看见了多年前的自己——

那时的我，沉默寡言，不过小心思不比别人少。

虽然知道自己是个很普通很普通的小丫头，普通到从哪个方面说都没人会记住我：学习不好也不坏，穿着不是最好看的也不是最邋遢的，身材不高不矮不胖不瘦，连声音也没有丝毫特点。

灰姑娘的梦里都是白马王子，而不是骑黑毛驴的傻小子。生性倔强的我，即便普通成一粒沙子，喜欢的绝对不会是同样普通的沙子。那时，我的目光总在悄悄搜索，搜索那个人那个身影。

白皙的脸庞，见人总是微微一笑，莫名地，我总能从笑里嗅出甜甜的味儿。喜欢穿浅色的衣服，干干净净平平展展，每每擦肩而过后，我都会忍不住地偷偷回头。

——他是高我一级的邻居哥哥。

而这一切，只有我自己知道。我藏得很深，不管心里怎样的风起云涌，脸上能保持波澜不惊。对他的喜欢，更是一个人轰轰烈烈又寂寂寞寞的剧场，潮起潮落只有自己知道。不敢分享给别人，更怕别人知道他的优秀而惦记上。在我的成长中，从来不缺小心眼。

每学期全校师生大会，他会跑上主席台好几次，当然是去领奖了：全年级前几名、单科第一名、三好学生……好像所有的奖项都少不了他。

每每那时，站在人群里的我就会扯扯旁边的同学，满脸得意地小声说，看，那是我哥。同学反问道，亲哥？人家咋姓卢？我立马就像被戳破的气球，蔫瘪了，嘟哝道"邻居哥哥也是哥"。

慢慢地，我心里开始不踏实了。巷子里有那么多的女孩子，即便是邻居，他的目光也不会刻意落到我的身上——他压根不跟巷子里的女孩子说话，微微一笑的礼貌里有着不可逾越的距离。他是那么优秀，万一别的女孩子也喜欢上他咋办？他太优秀了，一定看不上我们这一群吵吵闹闹傻了巴叽的瓜女子。

如此想着，我的小心思又活跃了。

要是……要是我也能够上主席台领奖，他会注意到我吗？母亲不是经常说，"金花配银花，西葫芦配南瓜"，只要我上台领奖，他一定会觉得我们是一样的优秀，一定会注意并喜欢我的。

小算盘打好后，就有了方向，做起事来自然带劲多了。

就像老师说的，学习就像做数学题，式子列错了得数肯定不对。我明白自己得有最饱满的热情，再配以最坚定的态度，对，就是以最好的学习姿势，才可能靠拢优秀，才可能登上主席台，才可能被邻居哥哥注意到。想象着将来的某一天，邻居哥哥拍着我的头说，"原来凌儿学习还不赖",浑身是劲。

我不再像过去那样叽叽喳喳说个不停,时间会从吧唧吧唧的嘴角溜走;也不再像过去那样没耐心,一有不会的题就烦躁不安就想放弃;更不会像个女汉子般高喉咙大嗓门地嚷嚷,那样没素养得像山沟野洼里的人……我开始绝不放过不会的题,问同学问老师,直问到自己心里清清如水;我开始注意自己的言行,努力向最优雅的女生看齐,直到自己的耳边响起赞美的声音。

邻居哥哥那么优秀,他喜欢的,一定是像他一样各方面都优秀的女生,我该如何努力才能成为?那时的我,曾站在镜子前,看着自己问:

你每一天都在进步吗?

你竭尽全力了吗?

你是不是已经成为最好的自己?

就那样,我铆足劲学习想遥遥领先,小小心心地注意言行以免失当,一步步朝着自己心里的美好样子靠近。

当我频频跑上主席台领奖时,已经忘了自己努力给谁看,笑得自己灿烂如花,而后,一路走来,芬芳四溢。就像别人说的,把自己开成一朵花,永远走在春天里。

当我大大方方毫无保留地把这件事分享给眼前的学生时,他瞪大了眼睛,说了句"老师还早恋啊"。我笑了,告诉他,在成长中,大多数人都会有深深浅浅的喜欢,就看怎样让它开成一朵花了。

当一个孩子处于积极状态时,朦胧的爱恋多么像一把美妙无比的发酵粉,最终凭着努力把自己甜甜蜜蜜地开成了一朵花。

固执倔强的你，足够耐心的我

孩子，你今年十四岁，毫不夸张地说，在我眼里：你似乎将言语粗俗当成率性，将举止野蛮看作本真，将思想涣散视为自由……你将我不能接受的这一切，通通贴上"青春期"的标签，好像那样，一切都是理所当然，一切与你本身无关。

你曾跟我坦言，没有叛逆过就是没有拥有青春。你甚至无不同情地说，那些乖孩子回忆起来，一定很遗憾自己的青春没有色彩。

我，今年四十多岁，毫不掩饰地说，在你眼里我小题大做：将不用敬语称之为"没教养"，将举止不到位称之为"失态"，将懈怠懒散称之为"不思进取"……好像我存心跟你过不去，将你那些跟我的要求不配套的通通称之为"堕落"，不顾及成长的规律，为了扳正你不惜伤害你。

我也曾跟你说过，我的做法如果给你带来疼痛，就意味着你那里受过伤，没有长结实。我的陪伴倘若没有让你走向优秀，我就对不起"教师"这个称号了。

那边，你以青春为名，固执倔强；这里，我打着关爱的旗帜，自然得有足够的耐心。

孩子，我宁愿喊你"孩子"而不是"同学"，因为师生一场也是缘分。全校那么多老师，三千多名学生，几十个班级，我们能面对面地在理解中走近彼此，或许真是数百年修来的福分。

可是孩子——

我让你朝南且已告诉你南方的美好，你偏朝北就是想看看北方有何不同。我督促你静心读书你偏大声吵闹，我引导你学着利用课余时间你竟然连课业都荒废，我提醒你尊重别人你却连父母都恶语顶撞……

你就这样没有任何征兆与理由地和我杠上了，与我的要求南辕北辙。尽管如此，我依然耐心地等你拐弯，等你回头，等你觉醒乃至彻悟。

孩子，我有足够的耐心陪你成长。

只是我有时也会被你激怒而失控。那一刻的我，高喉咙大嗓门，没气度少教养，面目狰狞，让我自己都脸红都生厌。那一刻的我，少了耐心也就没了爱心。那一刻的我，真的不配被你喊"老师"，——师者仁心。

孩子，你是有些固执有些倔强甚至——很过分。可被我呵斥后立马显得很害怕，脸上也笼罩了一层懊悔，眉宇间也泛着歉意。显然，你知错了。只是从恶如崩从善如登，你没有立刻成为我期待的样子。我也得提醒自己呀，成长是个曲曲折折的漫长过程，谁的青春没有风浪？青春的风将吹散青春的迷茫，青春的浪将冲洗掉青春的固执，你定会在青春的风浪后重塑自己收获成长。我要做的，就是以足够的耐心来陪伴，来引导，来等待。

因为——

我也曾青春年少，也曾松散得忘了管理自己，也曾头脑一热没有了原则，也曾一气之下失去了底线，也曾碰触过伤害过没有理解的关爱。

固执倔强的你，有点像曾经的我，我怎能不包容往昔的自己？

此刻的你急于挣开约束，此刻的我就想让你学会管理自己；此刻的你以为自己无所不知，此刻的我就想让你看到更大的世界；此刻的你钻进牛角尖不回头，此刻的我就想证明你的荒谬……在你看来，此刻的你与此刻的我似乎更像水火不容。其实孩子，我只是想陪伴你，陪着你走，伴着你感受，陪伴着你直到你看见更美好的自己。

固执倔强的你，幸好遇见有足够耐心的我，幸好我没忘记自己也曾是个孩子。孩子，让我们一起，经历，交流，理解，走近，一起珍惜这段美好的相遇。我不会失去耐心的，愿你也学着见贤思齐，不再固执与倔强。

第五辑　为我涂上生命底色的人

诗人掠影

　　诗人是我正儿八经的老师，诗集《整理石头》获得鲁奖。不是我刻意将他拉下诗的神坛，而是他深知所有坛都摆脱不了成为祭坛的宿命，是不情愿待在上面的。

　　拨开诗人外在的静默，是神情的游离：

　　既像极了因生厌而失语的孩子，宁愿饱饮孤独也拒绝庸常的热闹；也像极了跌落凡间的天使，遭遇窘迫难以飘飞无助又茫然；更像极了因高度警惕而固守自己的哲人，与你面对而坐却隔着千山万水。

　　课堂上。

　　他可以静成一尊雕塑。伏于讲桌，一手托腮，目光倾斜而上，像自语。没有挥舞的手臂辅助讲解，没有高昂的声势调节听众的胃口。心浮气躁者看见的怕是"聚堆的闲散"，唯有沉静者才会随着他时而舒缓时而断流时而言及遥远的声音进入他所指代的疆域。

　　他从不用力表述，却滋生出强劲的引力。你的心随着他的讲述跌宕起伏，思绪的碎片迸溅于心壁，他倒一脸与己无关的风平浪静。间或，会产生逃离课堂的荒唐想法，他舒缓地讲述能生生造出一片文字的沼泽，听者只会愈陷愈深以致被淹没。

水静流深，拒绝表演，远离聒噪。他的课堂。

别怪怨我的肤浅或词穷。武帝见泰山，也只是"高矣，极矣，大矣，特矣，壮矣，赫矣……"震撼而词穷，自己只是稍微意会，怎能全部言传与他人？

每场遇见，俗人如我，多是寻找同伴。而诗人，更像高度警惕的猎豹，唯恐被污染而坚守着自己的疆域，不靠近他人，亦拒绝他人进入。都说"高冷傲"是他的标签，在他，只是不愿从俗不愿降低不愿伤害或受伤，只是想让自己冷静地存在。

两个人的交流。我，对面的他。

依旧时断时续。似乎是为了配合语速，不让静默的空气尴尬，他走来，踱去。有一步没一步，抬起的脚不知落到何处，更像为说话伴奏——寻找精确表述的出口。

惜字如金。

一时兴起的是我，喧宾夺主、班门弄斧、滔滔不绝。

是触动还是想起，他突而从包里取出笔记本，打开，异常快捷地双腿离地，蜷缩进了沙发里，开始记录。偶尔侧目问，你刚说了啥，我复述，他间或点头，说，我同意这个看法。宛如得到了肯定，我愈加肆无忌惮地直白自己的观点。

一个忧郁的随时记录者，一个少言的精神漫游者。心里的所有，就汹涌成笔下流淌的诗行。

是我一句话逗乐了他，还是他自己想到妙处，笑了。像个不设防又猛然知错的孩子，羞涩地捧起笔记本几乎遮住了半张脸。笑声干净透明，不拖泥带水——赤子的心才会发出如水洗过的声。倒显得我的笑声，俗气而突兀。那情态那笑声，至今还浮现回荡，是未经世事污染，还是看清世事苍凉依旧保持故我？

他的疑惑太多，想打理干净的太多，恍如处于旋风中还想扶正别人，像堂吉诃德。后面有忠诚如桑丘的同行者吗？

时而像饱受苦难的超然哲人，沉静、沉稳、沉默；时而像尚未涉世的男孩般，清纯、清新、清亮。

我眼里的诗人、我的老师，特立独行，自成风景。

穿布鞋的老师，沉默的学生

　　受母校任葆华教授的邀请，以作家的身份回到母校做了场分享活动，不期然遇见了当年何老师的爱人陈老师。陈老师寥寥数句，委屈多年的那个姑娘，跨过了二十五年的岁月，回眸，笑了。

——题记

　　一直觉得大学时静静读书的自己，更像个影子：有别人的光，才凸现了自己卑微的存在。

　　所有的快乐，都浓缩在低眉阅读里，握笔书写时。顾自匆匆往返于宿舍与教室，顾自匆匆奔波于教室与阅览室，顾自匆匆疾走于阅览室与图书馆。习惯了顾自，习惯了匆匆，习惯了"教室——阅览室——图书馆"的路线，连个浪漫的小绕道也没有过。

　　那个静默中看似目光坚定不曾迷失的姑娘，你一直意志坚定心静如水吗？

　　"哪有啊，没人搭理不得自己跟自己玩？"我看到她低头听见她细语。

那个不曾停下来喘息总是匆匆前行的姑娘，你一直为了长成自己喜欢的模样而努力吗？

"不忙起来不就更显得自己多余了？"我也看到她一扭头满脸愁苦。

那就是二十五年前的自己：不是有目标而刻苦，而是除了刻苦再没别的目标；不是矜持地拒绝热闹，而是惧怕被热闹拒绝而故作矜持。

只是姑娘偶尔会想到一双布鞋，一双黑面白底的布鞋，洁净而含蓄。只一眼，如触摸般感觉到了它的质感。有时，姑娘还会因此而多了点欣慰，这所校园里并非自己一个异类。那位新来的何老师——有着笔挺的身冷峻的脸浑身迸溅着年轻的朝气——不就脚蹬一双布鞋？

何老师比此前的董老师更帅气，还应该……更有距离感吧？帅气而少言，似乎自带推开大众的气场。

有时很突然地，姑娘的眼前就出现了那双布鞋，隐隐能听见布鞋走过的铿锵有力，对，布鞋也有自己的声音。似乎还可以听见布鞋在说：任你乡间小路还是城里大道，我都可以踩得更稳健，迈得更远。

一双高傲的布鞋！低调的奢华。

偶尔忆起母校，姑娘就觉得有点酸楚：

是不是只有学校后面那起伏的同自己一样静默的南塬记得周末苦读的自己？是不是只有阅览室那个固定的桌椅记得偶尔出神的自己？是不是只有那个身体不方便却总是登高给自己找书的图书管理员记得自己？

兴许……众多的老师里，布鞋的主人会在目光掠过教室时记起角落里曾有个傻姑娘？可风儿追逐花朵，雄鹰依恋云端，又怎会有例外？

直到二十五年后的昨天，受邀重回到母校，偶遇何老师的爱人陈西洁教授。

"你是合阳的，何老师能讲出当年你的样子，你的性格，你的学习……"

陈老师的一番话如神奇的手，抚平了思绪的褶皱。

原来穿布鞋的老师，一直关注着沉默的学生。

一个人，一座城

　　总觉得第一个说出"上有天堂下有苏杭"的人实在是居心叵测：在苏杭原本实实在在的美丽里注入了强大的缥缈感，抽空了苏杭的烟火味。着实不喜欢这个说法，以至于对苏杭都心生排斥，每次旅游都有意绕开。

　　人生中某些我们自以为的"死结"，注定有它自己的打开方式，就像我与苏州。第四届"叶圣陶教师文学奖"的颁奖活动恰好在苏州举行，双脚沾满尘埃的我一下高铁，跺了跺，心说：给你一点人味儿，苏州。

　　想起在网上聊得来的苏州朋友坤元兄，会议前一天，告知他到了苏州。第二天下午四点不到，正在开会，收到了他的短信，"我在您住的宾馆等您回来"。会议结束已过六点，很是抱歉，让他等了两个多小时。

　　看到眼前有些破旧的面包车，我笑了。如果华丽珍贵的外在能等同于真正的价值，那么貂应该成为世界的主宰，而不是悬挂在女人脖项的饰品。低调与高雅，才是绝配。出停车场时显示停车"6小时25分"，一惊，愈发不安。遂想起自己下高铁时跺脚的恶作剧，脸红，心里关于苏州的那个结，似乎有些松动。

太湖边与坤元兄结伴同行，看着他坚定前行的侧影，想起此前种种交流，不免想法丛生：

腰略微弯曲且前倾，仅仅看着都有股强劲的冲力，是不是意味着你一直在与生活较量？还是你以这种姿势在宣战："来吧，我都能挺得住！"

对视时你的目光不是久经磨炼的犀利与强势，而是近乎未经世事的纯净与柔软，是不是在对这个世界倾诉："经历再多坎坷，我都要拒绝让心板结。"

即便有时不被理解，你依然乐善好施帮助在寺庙里安度晚年的老人们，双手合十见人卑谦行礼，是不是也在暗示："我在努力成为温暖你们的光斑。"

接触的人多了，我们会有种奇怪的感觉：有人滔滔不绝地表白，你却感受不到一丝真诚；有人绝对沉默，你倒可以触摸到灵魂的质感。坤元兄当属后者。

闲聊总是话外生话，扯得漫无边际。我很唐突地问他：为啥想做生意当老板。他嬉笑道，我长得胖，像老板的派头，不当老板再让人误以为是老板，不就亏了？再说了，我老婆是副总，我得配得上老婆呀，就给逼成了老板。

是玩笑当真说，还是真话像玩笑？有意思，坤元兄是个人物。

不甘，又追问，那你现在咋又不做生意了，一门心思写作，出了三十多本书。他依然满脸微笑，似乎微笑是他的招牌表情，友好而不张扬。他随后说的话倒让我沉思良久。

他说，十多年前，老婆拿着一把枪顶着我的脑袋，说你敢再投资打死你。我说你打死我都要往前冲，世界年轻我也年轻，彼此可以较量。我就选择了做生意，越大越折腾越好。现在呀，就是让老婆再拿一把枪顶着我的胸口逼我，你不冲我打死你。我就会说，你打死我也不冲了，我知道我扛不住了。我是想继续掌控世界，可世界转得太快，我感觉自己掌控不了了。将工厂交给了儿子，开始写自己的经历，写身边的人。人家的大文学改变世界，我的小文学拯救我自己就行。

只有说到儿子，坤元兄才变了个人，不再是那种谦和低调的表情，而是张扬着的骄傲与满足。

"我儿子是我最好的作品！"语气绝对肯定且霸气十足。

为了见到这个让父亲欣慰的年轻人，我随坤元兄去了两个工厂。一是他自己占地二十多亩的厂房，出租出去，只收租金。二是他儿子正在经营的正翔压延厂。当我说出工人的神情是两处最大的区别时，他笑了，说我能力有限不能服务于全国人民，至少要让我自己的员工快乐工作。

晴谷，诗意而阳光的名字，坤元兄的儿子。晴谷身着运动服，文静沉稳又不失热情。也才知道了工作之余，他每周日上午还去圣堂寺弥陀村与老人们共修佛法，给老人们上念佛的课。谦和友善，一如其父。

离开工厂时，坤元兄很欣慰，说儿子每一次否定我都是他的成长，我错了就必须向他道歉的。彼此尊重，是我们父子相处的前提。继而慨叹道，这个社会发展得太快了，你的经验未必能给孩子提供借鉴。比如我走了很多地方，熟悉每条路线每个角落，我的孩子即使路痴也不需要出门带我呀，人家下载高德地图就解决了。我能留给孩子的，就是日常做事的影响，坚守的，绝对不能碰触的……

一个努力前行并绝对恪守的父亲，我肃然起敬。

盛情款待了我们几次，坤元兄都不沾酒水，其间他开玩笑道，酒这东西很怪，比如黄酒吧。放在鱼里除腥味，加在肉里提肉味，进了肚子去人味。我，大笑。他说张老师别笑，我们看起来做的是生意，其实做的是人。我不一定是大好人，只是我不给自己做坏事的时间跟条件。

知不足而自觉远离，也是一种睿智。

我们去了月亮湾景区。一路上，他跟路边卖东西的老奶奶聊得很开心，一路聊一路买，两手拎着大袋小袋很是狼狈。我说你就没必要买了吧，都是本地东西。他笑了，说一点钱就让老太太们那么开心，多划算。我说你是典型的"买胜于吃"，他说我喜欢看老太太高兴的样子。我想起了一件事，有次吃饭，他因为看见卖饭的神情像祖母，给了一百。

我说，你有钱还不摆谱。他坦言，摆谱就摆自己的丑。

跟坤元兄交谈，似乎没有禁区。或者说，他本身就是裸露着的宝藏，不藏着掖着，以真诚以美好示人。直至离开，我还是不能准确地定义坤元兄：是有情怀的企业家还是有商业头脑的作家，资产上亿，出书三十多本。

坐上高铁准备离开，回望苏州：一个人，一座城，是坤元兄打开了我心里对苏州的结，从此对苏州，不再抵触。

对不起，没有成为您

宁是我最最接地气的良师益友，看着她，我常常调整自己的言行及方向，努力靠拢她，力求成为她那样自带光斑、走到哪里都是一片美好的人。

我曾去过宁的家与办公室，家里的阳台上，办公室的窗台上，都是蓬蓬勃勃的绿植，或借助外物攀缘而上，或自然下垂摆动，很是养眼。细看，是养在水里的红薯长出的枝蔓。

与她的聊闲中得知，她的网名、微信名、QQ 名、简书名都是"红薯苗"。我调侃，就那么喜欢红薯渴望成为一株红薯苗？宁笑道，一个个被我遇见并得到善待的红薯，也可以自成美景。

心里豁然开朗：哪里只是红薯，我们对一切的态度及方式就决定了最后的结果。

宁说，我是从农村走出来的，过去不只是美好，还是常常想起过去。想起过去就很羡慕农村地里的红薯，看那枝枝蔓蔓肆意生长，多幸福……

她静默或说话，我都喜欢看着她。看着她，你的脑子里会不时地冒出来"温暖""明媚"等美好的字眼儿。她又写得一手好文章，简约又不陷于肤浅，美好又不哗众取宠，看她笔下的文字，你会觉得字随心走的人儿优雅而高贵。

跟宁在一起，我常心生嫉妒，老天，你何以如何眷顾一个女人：

肤色是欢喜的亮泽，没有岁月留下的沧桑；性格是总让人想亲近的温润，不见生活的焦躁；独生女名校毕业好工作，典型的报恩来的孩子；爱人是一所学校的校长，敬业又顾家，看着他，你会心生感慨"好老公都是别人家的"；宁自己，工作风生水起，那个行业里所有的荣誉，从市到省乃至国家，都收获了……

她身边的种种迹象似乎表明，她是"小时公主长大皇妃"的标配。

然而事实是——

宁的童年并不幸福，或者说有些痛苦。

母亲性格暴烈，她跟姐姐一句话不顺母亲的耳，那一刻母亲手里拿着什么或手边有什么，都会直接摔过来。母亲不考虑会不会砸伤孩子，孩子能不能受得了，那个过程没有丝毫缓冲，突如其来。只是宁说她从来不哭不喊，怕邻人笑话。她跟姐姐常相互安慰，没眼眉，母亲心情不好她们又偏偏踩雷。

宁说，心惊胆战的事防不胜防，凡事小小心心努力去做，还害怕母亲不高兴。她们从来不会奢求母亲说出半句肯定，母亲不生气就是最好的结果……

宁说时一脸风轻云淡，微笑着，好像说的是别人的往事。她说有一次跟姐姐在姨妈家，看着姨妈给表妹轻轻柔柔地梳头，她俩满脸羡慕，而后耳语，"妈都没给咱梳过头"。

听到这里，我鼻子发酸，迎上去的依旧是她暖暖的笑。

宁说，我父亲在外面工作，是吃公家饭的，我们家应该比别的家富裕一点，可我们从来没有幸福的感觉。跟母亲在一起，觉得压抑；独自时，又觉得憋屈。她说自己还在很小的时候，看着母亲就暗暗发誓：自己将来做了母亲，绝不能是那个样子，绝对不会打骂孩子。如果是女孩子，一定把她视作小公主般疼爱。

宁说自己努力上学只为离开那个不满意的家，天道酬勤，三十五年前她考学成功。一离开母亲，她就竭力活成了自己喜欢的样子：凡事努力，平和优雅，温柔耐心。

宁说她感谢老天，真的给了自己一个小公主，自己爱而不放纵，疼又严要求。她们不像母女，更像闺蜜，以至于宁感慨，一个女人一定是上辈子积德行善，这辈子才会生闺女，都爱不够疼不够，哪里会委屈了孩子？

我曾问她，你，是不是不能原谅母亲？其实我更想问的是——你是不是一直记恨她。

宁笑了，说我母亲那样也是生活所迫，孩子多，父亲又在外面工作，母亲家里地里，忙里忙外，真的是家里的大功臣。虽然我没有享受过母爱，可我理解母亲，尊重母亲，也感谢母亲，只是努力拒绝成为那样的母亲。

在宁身上，你看不出原生家庭的疤痕，或者，她以理性与智慧让疤痕绽放成了花。我甚至在想：如果宁没有成长在那个环境里，她会不会拥有今天的一切？

为我涂上生命底色的人

我常常想起她，想起她就有些懊悔，懊恼自己想起她太晚，悔恨没有早点意识到她在我生命深处的蓬勃滋长。

像祖母院子里养的花花草草一样，我欢实地伸胳膊蹬腿舒舒坦坦地长到了五岁。正在院子里逗小狗玩，父亲说，斌子，该收心上学了。仿佛刮过一阵可恶的风，满心的欢快瞬间凋零。

我要上学了？不知上学的恐惧从何而来，小小年纪的我竟是本能的拒绝。

开学那天，母亲把我从池塘边撵到家里，又从前院撵到后院，气喘吁吁才逮住了。她戳了一下我的脑门笑骂道，比泥鳅还难对付。似乎怕我挣脱，她紧紧地握着我的小手腕，以至于小手腕被捏得生疼。

她拉着撅着屁股使劲往后拽的我，走过了几条巷道。到了村边，上了高高的台阶，进了大门。我们站在了一个人面前，母亲说"问老师好"时，我依然憋着气扭着头不正眼瞧。

余光里，她弯腰，大手摸了一下我的小脸蛋说，"小斌斌没哭啊，乖孩子"。那声音轻轻柔柔的，似乎有种魔力，"乖孩子"别过头看她，她正笑眯眯地瞧着我。恍惚间，觉得她的眼睛里投下一捧光，将我整个人儿包裹其中。一种很柔很软很安全的感觉瞬间俘获了我，驱逐了此前拒绝上学的种种不安与恐惧。

带我们时她的年龄已经很大了，像我的祖母般，不高声说话，不发火，不打骂孩子。倘若你不小心做错了事，她只是嗔怒，会轻声细语地告诉你哪里错了，还会抱抱你。你没有做错事的丢人与自卑，只有不好意思，哪会反复错呢？

小孩子才知道应该在自己喜欢的人跟前怎样表现。就像她见第一面将我认定为"乖孩子"时，原本想着到了学前班继续混账地哭闹以期母亲无奈地将我再带回去的念头就被"乖孩子"轻轻抹去了。

有时她会把我们带到教室外面的梧桐树下，我们团坐在一起，她坐中间，给我们讲故事带我们做游戏。梧桐叶落下来，有孩子的眼睛、心思就随着树叶飘飞起来了，更有调皮的直接起身去捉树叶。每每那时，她会停下来，笑眯眯地看着，甚至会说"那就玩一会儿吧"，而后两只手一摆，示意我们可以自由了。

有时下雨了，她会让我们在教室门口一字排开，看雨，我们便把小手伸过去在雨中划拉着去感受。有更顽皮的跑进雨里，她只叮咛"小心点，别摔倒"。当有孩子瞎说"雨点像豆豆"时，她带头鼓掌，并鼓励我们看着雨说雨。欢声笑语就像雨点般噼里啪啦洒落一地，又随着破碎了的水泡荡漾开来。

学校外是一片坡地，没种庄稼尽是野花野草，是我们的乐园。

春天来了，我们在那里轻手轻脚地看到了小草的嫩芽，她提醒我们不要踩踏刚出来的嫩芽儿；夏天到了，我们在那里触摸了花瓣绸缎般的质感，她说摸摸就好不要摘下来；秋天呢，她教我们认识采摘野果子，酸酸甜甜的都有；冬天她则用热闹帮我们驱逐了入骨的寒冷，带我们从坡上往下滑，摔倒没哭的，她会挨个抱抱。

　　她的神奇在于将小小的教室变得无穷大：带我们见识了着霜后的植物啥样子，领略了下雪并不是最冷的，我们快乐地跺着脚因为知道冬天会过去的……她耐心地带着我们玩，看着我们闹，总是满脸慈祥。

　　我们缓慢又温暖地成长着，我们的质地便得以瓷瓷实实，不脆弱耐摔打。

　　是不是因了儿时这一段经历，我才视风雨霜雪为朋友？来了，坦然接受并好好相处，自己搀扶着自己走过了一段又一段的迷茫与泥泞？

　　记忆里我一直在扫地。是自己喜欢还是老师布置的任务？早已忘得一干二净了。唯一印象深刻的，就是自己一直开开心心又像勇士般地抢着扫帚，一下，一下，扫帚挥舞得高高的，尘土飞扬，真像打高尔夫的姿势。而今我能持久专注又不乏快乐地做事，莫非就是儿时扫地留下的快乐痕迹？朋友常说我温和阳光又很有个性，像个高段位的绅士，莫非源于有那个舒舒展展的童年做底色？

　　突然记得她老人家说过的一句话，"小时候受点伤，长大了就是疤"。有幸遇见她，我的小时候才被呵护得无比妥帖，揣着快乐，端端正正又温温暖暖地一路走来。

　　如果说我的人生真有暖色，一定是复制了老师的笑容。如果我总笃定自己是安全的，一定源于老师的那束目光，像孙悟空的金箍棒画出的神奇的圈，遮挡了所有可能伤害我的风雨。

　　多年后，她常常出现在我的梦里。当我感觉到她留给了我巨大财富时，她已去了天堂，为此，我学会了抬头追逐太阳。

一道彩虹

"你呀，两只手逮不住一只呆鳖，咋办呀？"母亲在世时看着我，经常一脸疼惜与不舍。

"像你这样啥都不会啥都不敢，也算一朵奇葩。"儿子瞅着我，一脸无奈与难以容忍。

"就你？一离家就回不来了，一出走就没踪影了，在家里消停地待着吧。"爱人说起我，一脸不屑与懒得搭理。

嗯，我承认，自己是笨，不是出门没方向感，而是……而是在我们小县城的公园附近还走丢过。不说了，说多了都是泪。好友曾调侃我，"你笨得瓷瓷实实，笨得出类拔萃，笨得超乎所有人的想象极限"，瞧，一不小心达到笨的最高级别。

源于此，我从来没独自出过门，即便在同一城市，从一个朋友家去另一朋友家，她们都坚决做到一个送我上车，立马联系对方，对方一定在车下接，且一路电话遥控。生活在亲朋好友无微不至的呵护中，我也就本能地拒绝一切，——坚信自己是个"生活盲"即使学到脑出血也不

103

会一根毛！

事实是我很自卑：蠢笨至极的自己，就那么呆头呆脑地活在所有人的庇护中。别人温情的照顾让我快乐，自己死板的机械让我绝望，我一直在快乐的绝望里时而炽热时而冰冷。

如果有一个人，颠覆了我的认知世界，打开了死死束缚我的铜墙铁壁，让阳光撒遍我的世界，让我觉得自己似乎还是可以改变的，自己的世界还是可以缤纷有趣的，甚至萌生出自己一个人去远足去看世界，你觉得，她像什么？

宛如一道彩虹，架起了我与外界沟通的桥梁！

兴许是老天不忍让我继续堕落，引渡她来到了我的身边。我开始怯怯地舒展手脚，我开始小心地进行各种尝试。

她鼓励我尝试着独自做以前从没做过也不敢去做的事，她说你去，有问题随时拿手机问我；她安慰出错后的我，慢慢就熟了，我以前也常常搞错；她引领我接触更多的人，经常走出去也就习惯了走出去……

好像我压根就不认识自己，是她耐心地帮我寻找真正的自己，那个并不是笨到极致呆到登峰造极的真自己。突然有种强烈的感觉，人生有些相遇是完全可以改变固有的生活轨迹的，比如，我遇见了她。

常常会想起她，想起她就嘴角微扬，好像一刹那就沐浴在了幸福里：美丽却不矫情，温润却很独立，友善却很有理性，终日辛劳却是为他人做嫁衣……想起她，欣慰又心疼，感激又不忍。她该有多大的激情与热爱，为推动别人迈向成功而奔走；她该有多大的胸襟与爱心，悉心帮助别人超越自己；她又该有多久的毅力与恒心，执念于语文教学而不悔。

我知道，从此，我拥有了一道最绚丽的彩虹，我的世界开始变得缤纷多彩，我的心灵开始变得丰盈轻快，我因此更加感恩于这个世界。

远远地看着她，我想勾勒：她像鸽子？一起飞就是最好的姿态。可又断然不是鸽子温顺到无依，她行事风格果敢凌厉。

我想唤她"凌鸽"，同意吗？

第六辑　说给男孩女孩

送你一本"中学手册"

整个暑假，你一直处于兴奋中，得空就拉着表哥扯着堂姐问：

"中学的老师厉害不？"

"中学的作业多不？"

"中学有时间玩吗？"

"小学学习好，中学也不会太差吧？"

……

你满脑子都是关于"中学"的问题，大到学校管理小到教室大小。每次逛街走到中学校门口，你都会放慢脚步，满脸自豪地说"我们的学校"。

今天，你以"小主人"的身份走进好奇了一个暑假的学校。我相信，一个暑假发酵的想象将会影响你一段时间，在这一段时间里，你将会由表及里慢慢地感受这个学校。我相信，你立马就会感受到中学与小学的差异，或许还有些不习惯不适应。我决定送你一本简装的"中学手册"，毕竟我在中学工作了二十五年，见了太多的小学优秀到了中学却表现一般甚至糟糕的孩子。

第一则：你得明白，大家对你的期许有所提升。

小时候你摆好吃饭的碗碟，大人会拍着头夸赞；现在的你洗衣服拖地，再让大人肯定就有点矫情。当你跨进中学校门的那一刻，彻底告别的不只是欢乐沸腾的六一儿童节，还有一些"低要求"：

你不能只是仓促做完作业，还得判断准确性；基础性的读、写、算，似乎已经不是学习能力的证明，你得开始纵深学习；出现问题再不能"告老师去"，你得自己学会处理人际问题……

——你的思想认知与做事风格，应该从"小学版"升级到"中学版"了。

第二则：你也得明白，没有一种学习是轻松的。

"从善如登从恶如崩"，学习从来就不是一件轻松的享受的事情。哪怕艺术类的吹拉弹唱跳，也是台下苦练经年，台上短暂地绽放。随着年龄的增长，肩膀的宽阔，脊梁的坚挺，承担事情的分量会逐渐加重，学习的辛苦自然也是递增的。与此同时，学习时间会相对拉长，除非你是聪明绝顶的，一般来说学习的难易与时间的长短是同增同减的。

只是，有些同学适应快并以很好的态度取得了成绩，得到了肯定，从而激发了更高的学习热情。慢慢地，他们就以学习来证明自己的优秀为快乐了。

第三则：你还得明白，"竭尽全力"这个词儿应该是"用尽你所能使出或借助的一切力量"，——希望你在以后的时间里能记住"借助"一词。

生活里，学习中，你将会遇到一些比较棘手的问题，你一个人挥汗如雨或穷尽智慧，已经很用心很努力了，却还没有达到自己比较满意的状态，就可以考虑借助外力寻求外援了。人类的进步史说穿了就是"借助史"，以车代步，以机代人，——善假于物（于人）本来就是人的智慧。记住：自身＋借助＝强大。

……

第 N 则：每个人都有自己的成长历程，也有自己的教训或经验。一个很优秀的初二男孩曾告诉我：我会在玩性大发时克制自己，我会自己规定完成作业的时间并严格遵守……一个初三的女学霸告诉我：我尽可能让自己简单点，心静才能学好。愿你也能很快拥有自己的宝贵经验。

……

亲爱的孩子，中学只是开启另一段学习，与基础是有关系，却完全可以重新开始。如果你的小学阶段有点辜负时间与自己，不要沮丧，把初一当作新的起跑线，以自己最美的姿势飞奔在中学时代吧。

说给男孩女孩

我不敢说自己调过的盐比你们吃过的饭多，我更不敢说自己四十年的阅历一定就是屡试不爽的宝贵经验，只是，作为一个母亲，我想将说给自己孩子的话说给更多的孩子而已。

——题记

学历并不是最重要的，自古英雄不问出处，天才大多都不是科班出身。然而，不是科班的今天，连跑龙套的资格都没有。

可以拥有浮如飘絮的想象，即使不能真切拥有浪漫，在想象中也可以过把瘾。然而，漂浮的都不易长久，要让思想、智慧存留下来的唯一途径就是付诸相应的行动。

可以因耳闻目睹而伤心垂泪，泪水有时承载的是为人之本的善良。然而，即使悲伤的故事天天上演，你也不能在咸咸的泪水中怀疑或者抛却善良。

尽可以去爱去恨，只是不要去爱已经有人爱的异性更不要想着取代那个人的地位，也不要恨曾经对你付出的人即使他（她）真的不再一如既往地关爱你。有曾经才有现在，爱与恨是孪生的。

大胆去尝试去体验，世界原本就有太多的未知领域，对于具体的某个人，好奇心就是发现的源泉。但尝试与体验并不意味着堕落和放纵，凡事都有一个度，有些界线是绝对不可逾越的，那样只会害己又害人。

不要只在困境中说，"我永远都知道我想要什么"，那只是因为在黑暗中没有别的诱惑。在斑斓的阳光下，也要时常明确自己真正想要的东西，抛开浮华看清本质，决不可本末倒置。

不要在成功的光环环绕自己时才激昂万分地喊，"我爱这个世界"，在那种情况下谁都可以喊出来，甚至比你的更动听。于背阴处，你依然要想到光的存在而并热爱这个世界。

人不可以没有理想，但也应该有跳一跳就够得着的小成就。远大前程是指南针，近期小目标实现了才会成为"加油站"，"好高骛远"没有错，但要记得踩稳脚下每一步。

走累了完全可以歇歇，甚至可以回头看看走过的路，那种征服的自豪感可以搀扶疲惫的你继续前行。但是一定不要因为暂时的狼狈就后悔自责，经历的确是一笔财富，不论成功或失败。

不要说"男儿有泪不轻弹""打碎门牙肚里咽"，男孩女孩，委屈了伤心了，想号啕大哭都可以。不过哭完了记得洗完脸，再拍拍自己僵硬的脸，挤出一个微笑给自己看，当作送给自己的继续前行的礼物。

人不是仅仅依靠精神就可以生存，条件许可，享受一些物质带来的快感也无可厚非。但绝不可以让自己的享受成为亲人的负担甚至痛苦，最重要的，是顾及亲人或别人的感受。

你可以依靠自己的智慧让自己活得轻松而愉悦，但绝不可以歧视干苦力活的人。劳动永远不应也不会成为羞耻，要尽可能地体恤那些生活在底层的人们。

不要总是沉默，沉默未必是金。可能被欺负或遭凌辱时，要呼喊甚至凶悍，善良与自尊都有不可冲击的底线，要讨公道，但是不要记恨。

　　可以不记恨，也可以原谅别人对你犯下的过错，原谅，并不意味着遗忘。跌倒了再爬起来时记得抓牢的是教训，一定不要给别人两次伤害你的机会。

　　当然，要学会原谅这世界和你自己。既然笑比哭好，那么笑着流泪也一定比哭着懊悔美丽多了。

　　男孩女孩，作为长辈，我希望你们相信"温暖""美好""尊严""坚强"这些老掉牙的字眼并做到疼爱自己善待他人，不要你们靠近"沮丧""空虚""颓废""堕落"，你们不可以糟践自己更不能伤害别人！

"捆绑式"教育

发生在身边的事，我只做最简单的陈述：

某初中。早晨跑操，一人掉队，全班陪跑 N 圈。卫生，一人座位下面有纸屑，方圆五米内的同学罚做值日。

某高中。在学生教育与管理中有一条"反思制度"，当然还有相应的"反思室"（注：在反思教室的学生不得进行文化学习），同时采取"一人犯错，全体舍友接受处罚"的方式。

某大学，一人出问题，全宿舍接受惩罚。

姑且称之为"捆绑式教育"。发明或热衷于这种模式者一定是想利用"激愤的群情"达到轻松管理之目的。却没有想到，此举只适合那些遇事就反思自己、犯错就觉得拖累了别人而深深内疚的学生。而对于个别或一些学生，就显得很无力甚至无奈了。

请允许我以小人之心想象一下可能出现的情形：

"我，只能达到这个程度。"他可能觉得无所谓。

"我就是这样。"他也可能会幸灾乐祸，还有垫背的。

"我就想这样。"他甚至可能有点恶毒——跟我在一起算你们倒霉。

客观讲，"捆绑式教育"无法从根本上引领学生健康成长，只是想以周围人恶劣的情绪威胁或舆论绑架犯错者，迫使其有所收敛。此处，我用的是"收敛"而不是"改变"。只因我们真的想改变一个人，应该是针对这个人及犯的错有的放矢，让犯错者感受到自己行为的糟糕，同时让其看到另一种自己没有采取的做法是如何美好，促使其意识到自己完全可以有更好的选择，从而心向往之，彻底改变其思想认识。而在"捆绑式"形成的激愤氛围中，一个犯错的人——即便有心改过——也是无法安静地抵达内心幡然悔悟的，更不会在如针刺似刀割般的敌视中与过去决裂。

更主要的，"捆绑式教育"下最大的受害者恰恰是最无辜的被捆绑者。试想一下："我"能做好自己，也甘愿为自己的任何行为负责；"我"也可以影响身边那些向往美好的，也乐意花时间精力陪伴他们一起进步；可"我"真的不是万能的，难以感化身边所有的人都像我一样不去碰触班规校级。

如果此刻还有人坚信每个学生都应该为身边犯错的学生买单，那么这个社会上所有关系就都可以简单化了：农民们、企业家们、同一级别的各种领导们……不就都可以牢牢地捆绑起来？可没见捆绑啊，因为脑子都够用，都知道"各负其责"，谁的屁股底下谁负责擦干净。为什么在学校管理中会出现"捆绑式"管理？说穿了，就是没有把学生当成独立的个体，遇事懒得处理就一勺烩。是的，绝大多数学生因为深知"抗议无效"随大流，只求不要遇到猪队友，免得跟着遭殃。不能排除有极端的学生，想不通老被捆绑，便以更极端的方式——死——做最后的抗议。

教育最终的目的是引导孩子们认识自己，从而与更美好的自己相遇，而不是让孩子被个体的无望而淹没。

你的精神住在"猪圈"还是"宫殿"

　　原生家庭千差万别，可能干净芬芳如宫殿，也可能肮脏龌龊似猪圈。今天在办公室，短短不到一个钟头，我既领教了"猪圈"的建造过程，也看到了"宫殿"的精心设计。

　　两个男孩发生争执结果动手了，好在彼此没有挂彩。男孩子嘛，芝麻大的事也可能伸胳膊蹬腿，谁让他们浑身都是用不完的蛮劲呢。

　　没事的事，结果，一个男孩的奶奶找到了办公室。如果说高喉咙大嗓门是性情中人的标志，那满脸抖动的横肉及目光里的刁蛮就是在声明"我，就是来找事的"。她对老师处理的结果不满意，挥动胳膊大声嚷嚷后，问校长办公室在哪里，看她敢不敢把校长办公室踢塌了……

　　那男孩就站在奶奶后面，龇牙咧嘴，一副吊儿郎当看热闹的样子。

　　那一刻，我有点恨张丽钧老师了，恨她何以刻画得那么形象，以至于我真的看到了一头到处乱拱的臭烘烘的生物，恍惚间，那个孩子也开始变形……

　　好不容易送走了那尊瘟神，没消停一节课，第三节下后不久，又有两个孩子搀扶着一个男孩进了办公室。

那男孩的手捂着脸，已经有血渗出来了。所有老师都紧张起来，都凑了过去查看伤情。眉心处，撞破了，看架势得缝合，伤口不轻。年轻的班主任显得很紧张，刚要问旁边同学事情的原委，受伤的男孩摆了摆手说，没事没事，耍的时候不小心碰了一下。而后叮嘱老师说，您不要说雷××，她本来就胆小。班主任要给他的家长打电话时，他说，老师让我打行不？在电话里，他说得轻描淡写，只说自己跟同学玩时不小心磕了一下。

他妈妈来了，看了伤势，平静里掩饰不住担心，只说男孩都比较匪气，还问人家娃没事吧？而后就要带着孩子去医院处理。当班主任说让自己也陪着去时，男孩说了句，不用，咱班还有那么多学生在教室。他离去的背影，让我看到了一个王子。

一个早晨，一间小小的办公室，我恶心地看见了一个建造猪圈的奶奶，也有幸遇到了一个设计宫殿的妈妈。

这是不是就是生活？善恶并存，让我不至于绝望？孩子啊，看看你们所处的环境吧，倘若是"精神宫殿"，你是幸运的。如果不幸沦落在"精神猪圈"，请你学着明辨并做出正确的选择，将自己从中剥离开来。

谁来买单

　　一班主任拉住我，满心委屈地给我倾诉，而后她说：张姐，那娃以后想上天摘月亮，我一定给人家搬来登天的梯子；他想杀人，我绝对第一时间递上最快的刀子。我知道，那是气话，以她爱憎分明的性格，以她力求完美的教育情怀，哪里会对学生放任自流？

　　事情是这样的：

　　那个孩子学习成绩挺靠前的，有段时间，作业很潦草，慌慌张张的态度以至于让老师觉得作业本上的每个字，都毛手毛脚想从纸上逃走。班主任再三提醒后孩子依旧没有多大变化。班主任就有点小失望，边翻看作业边在孩子后背恨铁不成钢地拍了三下，说：鹏展鹏展，你这种态度，成绩就不稳定了，咋可能持续优秀？就成了"假鹏展"了，老师真的希望你一直是"真鹏展"……

　　孩子姓贾，名鹏展。

　　结果，妈妈找到学校，说老师扇了孩子"三耳光"（妈妈具有神奇的超能力冥冥中挪动了老师拍打的手，从"后背"到"脸蛋"），说孩子自尊心受伤了在家里寻死觅活，说自己现在怀着二胎担惊受怕也气得不行了，说三耳光得要了三条命……

尽管有全班同学作证，班主任没有恶意扇耳光，班主任还是被要求顾全大局给孩子、家长道歉。后来，孩子再次进教室后，变了，好像觉得自己妈妈战胜了班主任，变得趾高气扬，一副谁奈我何的得意。

听罢，我心里很难受很难受，——孩子错了后竟然变得"趾高气昂"？这是何等可怕，无赖般的妈妈就是孩子走向糟糕的巨大推手！

所有的老师，不是顾及自己可怜的面子，相对于一个孩子的未来，老师的面子根本不算什么。只是怕在将老师的颜面伤害得千疮百孔后，我们的孩子会以恶行将自己打扮得奇丑无比。

恶意曲解老师，泼老师以种种污水，覆盖了老师固有的芬芳，满腹伤心的老师，又哪里能传播芬芳给孩子？孩子只会从老师憋屈的容颜间感受到他（她）对工作的敷衍，对自己的忽视，哪里又能走上人格芬芳的成长之路？

撇开老师的面子，我们都不谈面子，只说你的孩子我们的学生的成长。

师生一场与母子一场，都是缘分，都会很珍惜。我们想坚挺着脊梁，示范给孩子们如何坚挺做人；我们想踏实从教，引导孩子们认真而不马虎地做事；我们想真诚地面对是非，引领孩子们明对错知反省……可是当你们的溺爱漫过理智的河堤，当你们粗暴地打折我们的腰板，残忍地踩踏我们的尊严，肆意地蹂躏我们的关爱时，对孩子再恣意妄为的行为，我们就剩下——"呵呵"了。

我看见过在楼道里扇妈妈耳光的孩子，也看见此前这个妈妈蛮不讲理地斥责老师，怪怨老师责罚她的孩子。

——可怜的妈妈，咎由自取。

我听说过孩子拿起刀冲着爸爸吼着，你再说我，看我敢不敢把你捅了！这个爸爸曾像无赖般威胁过严格要求孩子的老师。

——可怜的爸爸，因果报应。

无赖的家长引导不出有教养的孩子；得不到尊重的老师，更教不出有尊严的孩子。

撇开老师的面子，我们可以不要面子，可我们怎能忍心漠视孩子的成长？谁来为那些被惯坏的孩子买单？！

生命的教育

在孩子成长中，我们好像总缺失关于生命的教育。

场景一

广场上。一只受伤的孱弱到不再能飞起来的小鸟，一个刚刚可以走稳路的小女孩。

她注意到了那只鸟，摇摇晃晃反反复复试图靠近它。鸟儿一次又一次地被惊吓想逃离，只能扑棱着翅膀，艰难地蹦跳着躲避她。那么小的孩子，难以想象她的注意力竟然可以那么持久，不为周围别的动静所影响，只是想着靠近鸟儿抓住它。抓了几抓，自然没抓住，她急躁了，不高兴了，开始用脚划拉，想踢到鸟。在她，用手捉与用脚踢基本是一样的办不到。可她却能办到一点——让鸟不停地担惊受怕艰难挪动，连同她口齿不清的喊声，都会让鸟儿一惊一吓。

那年轻的妈妈一直在旁边笑着，还鼓励着孩子，"快抓住了""加把劲"……

我转身，离开。

我可以给那位妈妈说"鸟也是生命应该敬畏"吗？我可以提醒她"得让孩子从小学着爱弱小者而不是伤害"吗？我知道不可以的，轻者她会白眼一翻怪怨我多事，重者我会受到语言攻击。

场景二

各色各样的金鱼，价格不一。一条一块，四块，十块，甚至更多。一个四五岁的小男孩拉着妈妈靠近了一个大鱼缸，后面跟着爸爸。小男孩指着鱼儿满脸兴奋。

"想要？咱就买，——钱能解决的都不是问题。"爸爸摸了一下孩子的小脑袋，调侃道。小孩挑了三条，说再买个小鱼缸吧。"算了，就塑料袋，不等回到家就叫你折腾死了。"妈妈似乎很了解自己的孩子，更倾向于将就一下。"死了我娃要咱再买。"爸爸也搭了腔。

还没相处就冷漠地预言到了死，死了再买就是了？我不禁多瞅了几眼那对奇葩爸妈。

我可以与那个妈妈交流说"应该引导你的孩子学着爱，从小鱼开始"？我可以提醒那个爸爸说"你不能既浪费了钱还让孩子远离了善良"？我知道不能，我曾因为多嘴被翻过白眼受过冷语，那以后我发誓不再吃饱了撑的讨人嫌，我只能让愤怒在自己心底潮起潮落。

场景三

"妈——，你是不知道，刚才有个车把骑摩托的人撞了，流了那么多血……"一个女孩一见到妈妈就很惊慌地叙述起自己的见闻。那声音那神情，看起来还是惊魂未定。

妈妈脸上波澜不惊，直接就堵住了孩子的嘴："世上大了，每天都有多少车祸，有啥奇怪的？你没事就行。"那一刻我刚好在旁边，我恨不得过去给她一巴掌，——有点人性好不好？如果你不能施以同情，最好保持沉默。你那么冷漠，孩子受你影响，再火热再深爱的心，也会慢慢凉下来，甚至成为你那样的人！

别说给一巴掌，重重地训斥一声我都不敢，我还没有强大到应付所有自找的麻烦，我不会自取其辱。

很多时候，我们做父母的，在陪伴孩子成长中，都缺失了对生命的教育，对生命的尊重与爱。性格的某些残缺，自此而生。

第七辑　我们一直，结伴而行

我与书的浪漫史

我不是一个过于自恋的人，却依然对曾经的自己疼爱不已，以至于专门写了篇《我想抱抱曾经的自己》，矫情不？

那时的我，沉默寡言，不会唱歌，四肢极不协调还很僵硬，参加任何体育活动都像在存心捣乱，更不要说跳舞了。按理说我的青春应该是一片荒芜啊，可我竟然没心没肺对逝去的青春没有一丁点遗憾，还喜欢频频回首。

谁又能知道我心里泛滥着的欢喜？

点点滴滴的快乐，丝丝缕缕的惊喜，浸染成片，蔓延开来……那种感觉，美如画，甜如蜜，甜美得让我忍不住驻足，想再次淹没其中。

那美好，源于我与书的浪漫故事。

三十五年前的九月一号，我兴奋得想用头走路，到镇里上中学了，再也不会天天被妈妈抓壮丁般逼着做家务，激动的啊，才不管几十号人一个大通铺，住宿环境简陋到让人无法忍受。

学生食堂只卖五分钱一份的菜，多是不见油星星的水煮红白萝卜片，

124

偶尔也有白菜或洋芋炒粉条。每周去学校前，妈妈都给我一点伙食费，多则四毛，少则两毛，让我买菜吃。每次我都会央求她再装一罐头瓶葱花辣子，——我总是辣子夹馍，很少买菜。

学校门口有家饭店，只卖蛆面，一毛二一碗，有不少同学每周都会去改善一次伙食。卖蛆面的是个常年清鼻涕奔流的老汉，土灰色的衣服，衣袖处更惹眼。他们才不在乎老汉邋遢的形象，吃得夸张，吞咽时吧唧作响。说真的，我也眼馋过，不过强忍馋劲以"老汉不讲卫生"说服了自己，并对那些买蛆面吃的同学嗤之以鼻。如今想来，原来阿Q精神真的是周老先生从每个国人身上提纯出来的啊。

相对于胃，我更愿意让心滋润，——得攒钱租书看。

班里有个家在镇上的女生，上课从不听讲，不是睡觉就是说小话，却有着极精明的商业头脑：每天来学校都会带几本小说，问同学们谁想租书看，一本一天二分钱。二分钱几乎是半份菜啊，我的伙食费没有流向食堂都拐进了她的口袋。时间长了，三本五分成交。

她家怎么会有那么多的书？她怎么只想到用书赚钱而自己不看？她跑到学校不好好学习就是为了找人租书看？……很多问题我都想不明白，直想得自己嫉妒喷涌眼睛发绿。

期中考试前，她悄悄找我，说你做完后把答案传给我，我不要钱，叫你看半学期书。

——不用花钱可以看半学期书？

这种诱惑对我来说超过了所有老师倾泻到我身上的赞美的目光。在老师们眼里，我一向很诚实，是最值得他们信任的好学生啊。我卑劣地利用了所有老师对我的信任，借口钢笔不好使一次只能吸一点墨水，每次都是在到讲桌前吸墨水的途中悄无声息地完成了答案的传递过程。

而后，就是不用花钱还可以滋润看书的日子。似乎也有过不安，觉得辜负了老师们。除此之外，还有一条看书不花钱的途径。

因为总绷着脸看起来严肃，还是因为傻大个，抑或是因为学习成绩好？反正一入班，我就被任命为班长，全年级六个班里唯一的女班长。

自习课，我多是拿着自己的书在过道间巡回，这……就滋生了徇私舞弊。爱看书的我，对书极为敏感，哪怕包裹着书皮，怎样藏着掖着我也能从表情、动作一眼甄别出来。最后达成默契：我可以不收你的书，也不报告给老师，你看完后得让我看。我走到跟前，一咳嗽，看课外书的同学抬起头，目光对视，完成合约签订。

看来没有约束的权力最容易滋生腐败，连孩子也不例外。

豆蔻年华，总想着浪漫，更想着灰姑娘能遇到王子，琼瑶的爱情风靡一时。攒了很久很久的钱，一咬牙，和一关系还不错也喜欢看书的女生合买了四本琼瑶的书。没过两天，她就反悔了，说分给她两本，她要卖给别人。心一横，我自己买下。为此借了好几个同学的钱，可怜兮兮了半年。

细想起来，那时爱看书的孩子挺多的，云就是一个。同是天涯爱书人，云爱看书的程度不弱于我，我们很快结盟，——组团（两人团）蹭书。在新华书店，假装边交流边选书，其实就是没钱买还想看。每每有工作人员不耐烦地转过来时，我们就开始交流买哪本，哪本更好，说得有鼻子有眼。工作人员只有愤愤离开。

后来又有几个书虫加入，看书就变得简单而实惠了。

大家一起出去租不同的书，在限定的时间内尽可能很快看完，而后交换着看，——掏一本的钱可以看几本，多划算啊，世界上哪有比这更美的事？看完后还相互交流读书心得，咋看都像今天的读书沙龙。

放寒暑假回到村里，脑子里装的还是看书。

巷子里有个跟我同龄的孩子，不知为何家里藏书也多，还都盖有公家的印章。不过她既懒得干活也懒得看书。

真是奇了怪了邪门了，我遇到的，咋都是有书不看的主？也该我幸运，才有机会看到更多的书。

起初她对我说，你给我割一笼猪草，我让你看一本书。不要钱只需一点劳动就可以看到书？我觉得这是天大的便宜，比考试作弊踏实多了，比租书看便宜多了，就爽快地答应了。伙伴们都不能理解，我一到地里割起草来特别带劲，给她的那笼压得瓷瓷实实，而我自己的笼里蓬蓬松松，一路上左右开弓拎两笼草还乐得屁颠屁颠，直送到她家门口。再后来，我甚至放下自己家里的地不锄跑到她家地里锄草。为此，没少被妈妈拧着耳朵训斥，可心里却如神仙般快活。

我的劳动带来的实惠就是可以到她家随便挑书看，还没时间限制。如此想来，何曾受过半点委屈，——心里很舒展怎会是委屈呢？

在村里也有一种看书不花钱的途径：死皮赖脸地串门。那时真奇怪，家家都有一本书，那书就放在炕头女人的针线筐里，书里夹着鞋样、丝线，也别着针。

去谁家我都想凑近炕沿，而后……而后侧身到炕头，拉过针线筐，开始翻书。那些书啊，什么内容都有，我也不大选择，似乎只要是字们排列起来的，就觉得亲切，觉得温暖。有些人家直接用书剪鞋样，就留下了遗憾：看得正过瘾，少了一页，于是放不下了，只有想象了。那时的我就很恼火，——有书都不知道珍惜，啥人嘛。

直到今天我也想不明白：为什么家家户户女人的针线筐里都有本夹鞋样、丝线的书？哪怕那家没有一个识字的，哪怕那家穷得只剩下墙皮儿。莫非冥冥中在昭示什么？是告诉人们无论如何家里都离不开书吗？

只是为了看书，我真的做到了脸皮厚得赛城墙。

不管在谁家，只要见了没看过的书，就翻看，看不完就赖着不走，才不管人家是不是要吃饭要睡觉还是多么得嫌恶。别人咳嗽着提醒，也装着没听见。有时人家会很无奈地说，拿回去看吧，明天一早送来就行。立马就有种皇帝大赦天下的狂喜，飞奔离开。决不食言的，哪怕那晚不睡觉，也要把书看完。即便妈妈不停地唠叨嫌费灯油也不在乎，大不了被骂几句被捶几下，相对于看书带来的愉悦，都是可以忽视的。

曾经有一段，我似乎得了臆想症，以至于老师问理想时，我说"开个书摊"，被同学们嗤之以鼻。那时我们的理想多是"成为科学家"或"像邱少云黄继光那样为了国家宁愿舍弃生命"，被耻笑是情理之中的。长大一点，梦想升格了，——在新华书店工作。哈哈，在书店上班，不就有了看不完的书？瞧我，想得多美！

年少读书时

常常想起儿时痴迷于读书的事。

那时，母亲一个月的工资才十几块。家里的钱就放在桌子的抽屉里。或许是我的父母坚信自己教育出的孩子是不会随便拿钱的，或许是想让我学会抵制诱惑吧，反正抽屉是从不上锁的。

事实是，家里没有人时，站在抽屉前，我常常进行良心上的挣扎：在做"乖孩子"还是做"小偷"之间，徘徊不已，也痛苦不堪。

我喜欢看书，书摊上二分钱看一本。既然书的诱惑不可抗拒，钱自然就成了摆在我眼前的一道大难题了。四下张望，再确定一下，真的没人。拉开抽屉，飞快地取了一张两毛钱，转身就跑，都跑到了大门口，又站住了：一次拿两毛钱是不是太多了？两毛钱可以给家里买几斤盐吃几个月呢。

于是，我耷拉着脑袋折了回来。

拉开抽屉，把两毛钱放了进去，只拿了一毛钱。关上抽屉没转身，就后悔了。又拉开抽屉，犹豫了一下，再捏一枚二分的硬币吧。

总是紧紧攥着偷来的钱飞也似的跑到书摊前，还粗粗地喘着气呢，目光却已开始贪婪地抚摸着每一本书。

每一本书都是那么多情，它们冲着我挤眉弄眼献殷勤，好像都长着嘴巴，朝着我七嘴八舌头地喊，"看我""还是我好看""我最好看了"……已经选好了书，我捧着它，心里还是不大实在，好像没选上的，才是最好看的。既然选了，就开始看吧。那心情，才叫纠结：既想很快看完，把那些书全都看完，又明明确确地知道自己带了几本书的钱。所以呢，就一个字一个字像刀刻般地看，只想看过就背过，一本书二分钱呢，背过才合算！

是的，二分钱一本，没错。

你可以从来时看到抬屁股走人，不限制一本书你看多长时间。我呀，就多了个小心眼，一本书，反复看，精彩的细节、情景，几乎可以背下来。

瞧瞧，贫穷出智慧，小孩子也会贼精贼精的。

不过你再想想看，手里明明有可以看六本书的钱，却克制自己捧着一本书仔细看反复读，那得经受住多大的诱惑啊！

除了书摊之外，每家的针线筐也是我最为牵肠挂肚的——女人们用来夹鞋样、丝线的，也是书。

于是，我经常缠着母亲带我去别家串门。那时，我会选择坐在炕沿上，装作很随意地就把放在炕角的针线筐拉了过来。母亲跟婶婶拉家常，我就开始看书。有的书很精彩却页码不全——剪鞋样了，已被深深吸引却无从深入，那才叫一个难受。以至于我连书里夹的鞋样也看，缺头少尾的，真正的断章取义，照样看得有滋有味。

晚上躺在床上，就想着没看到的部分会怎样发展，辗转反侧，久久难以入睡。

也记得为了看书，曾拼命讨好我们班一个李姓同学，她家藏书很多。

我就像跟屁虫般黏着她，给她背书包，甚至帮她写作业。以至于她跟别人吵架，我也不辨是非义无反顾地站在她一边，也不理会别人的白眼。

如今想来，自己当时真够滑稽的。

那时，走在路上，看见一块印着字的报纸或书页，也会捡起来正面反面看一遍。有的已经被人踩得很脏很脏无法用手拿起来，就干脆蹲在地上瞅瞅，能看清几行是几行，也算过眼瘾吧。

如今，每到一个地方，我第一个去处依旧是书店。虽说网上阅读已经很方便了，我依旧喜欢捧着纸质的书看。已经分不出是喜欢看书的感觉，还是痴迷于书中的内容了。

呵呵，或许是儿时渴望读书又没书可读留下的后遗症吧。

我们一直，结伴而行

不知是读过的书促使了我的成长，还是我的成长在改变着对书的选择。唯一可以肯定的是，我与书，一直不离不弃结伴而行，因了书的介入与润滑，我也学会了疼爱自己悦纳生活。

小学时因为看书，确实做过一些回忆起来让自己都脸红的事：

偷过娘的钱，胆小，只敢偷硬币，一次也可能偷几枚；放着自己家的活不干，却给别人家割草，锄地，因为可以免费看书；也在同学之间闹矛盾时，不辨是非旗帜鲜明地袒护给我书看的伙伴……为了看书，简直到了没原则没底线的地步。

更多的，是跟着哥哥蹭书看。哥哥精力充沛且喜欢做梦，似乎自己侠肝义胆且刀枪不入，经常帮巷子里的男孩子摆平事端，往往是事端依然在，他倒伤痕累累被摆平了。哥哥喜欢看的书，用脚趾头想想都知道是哪种。对，《七剑下天山》《白发魔女传》《射雕英雄传》《雪山飞狐》《书剑恩仇录》《小李飞刀》……就是这样的书伴随了我的整个小学阶段。

虽然我不像哥哥梦想着飞檐走壁，在一片刀光剑影中笑傲江湖，可这些书还是重塑了我的性格：我开始靠拢英雄，小小年龄变得爱憎分明、疾恶如仇，且自尊心极强，绝对不允许任何人冒犯，俨然女汉子一枚。

君子与小人，道义与情怀，就那样在故事里以品味文字的方式浸染着我。至今，我也坚信，自己性格里的阳刚、宽容、向善等，都受益于那时阅读带来的英雄情结。

中学的学校在十里外的小镇，得住宿，同时也自由了，更不用作业还没写完就被娘指派着去给猪割草。家里条件也相对好了些，每周娘都会给几毛钱做菜钱，那时一份菜五分钱。

我的后桌是个满脑子浪漫的女生，时不时扯我一下，显摆她租了什么书，书有多好看。一不小心，我就上了她的贼船。从此几乎很少买菜吃，每次到学校前像小偷般，悄悄地在红辣椒面里撒些盐巴，裹在纸里，蘸馍吃。俩人一起租书实惠多了，那时琼瑶的小说正流行，我们想方设法找来看：

《烟雨蒙蒙》《菟丝花》《几度夕阳红》《庭院深深》《彩云飞》《一帘幽梦》《月朦胧鸟朦胧》……看得两眼痴迷、精神恍惚，好像随时都会遇到一个忧郁帅气、家财万贯的王子可以相许以身幸福终生。

我觉醒得早，感觉只是换了人名，情节大多相似。再说了，小女生爱上那么年长的老师夸张得离谱。再退一万步说，只是看书就能看来白马王子？人家骑着白马咱跑步咋赶得上？就是遇到了也会拉开距离的。骗人的！

回归正轨，好好学习。

不过在以后漫长的岁月里，不论感情婚姻经历过多少不堪，哪怕被千万次辜负与伤害，我都一直心怀美好憧憬爱情。对真爱的存在坚信不疑并执着守望，这份厚重的情感积淀，一定源于中学时代琼瑶爱情小说的恩赐。

大学时阅读的多是外国文学，海明威的《老人与海》、杰克·伦敦的

《热爱生命》是我最最喜欢的。

现在，我又喜欢上了看梁实秋、林语堂等民国大家的散文，是不是与阅历与年龄有关？我也经常给身边年轻的朋友们说，有时间就读读书吧。曾有朋友带着质疑的目光看着我，甚至问我，读书有用吗？

当然大有用处了：

借助书籍，贫穷的你一样可以独行万里：听贝多芬的声音，呼吸罗曼·罗兰的气息，甚至到雪国，去瓦尔登湖畔，看看马孔多小镇……你会惊奇地发现，书里藏着一双翅膀，一双能够让你的心自由飞翔的翅膀。读书更可以冲破局限，让你的心比脚走得更远，让你的心比现实更宽阔。你会因为读书而接触到诸如康德、尼采、托尔斯泰等精神大师，你会强烈地感觉到自己的渺小，你会因此而更好地热爱这个世界。

倘若不曾迷恋你

倘若不曾与你相遇，不曾深深地迷恋上你，我定然不会是今天的自己：心地柔软而洁净，与自己与他人与这个世界，温柔相处。

母亲说是不满周岁时的一场疾病导致我的右眼失去了视力。小孩子们都是坦率而不藏心机的，有些坦率就像钢针，不提防间刺得我遍体鳞伤：

"我才不跟你挨在一起，你长得不好看。"这是我兴冲冲地跑过去准备参加游戏时身边的那个她脱口而出的话。

"电影里的那个独眼龙坏得很，——坏人都长得难看，歪嘴，独眼。"这话一出，其他小伙伴的头都齐刷刷地扭向我。从此，我多了一个难听的绰号。

这样的事情多了，总被伤自尊的我，就很自觉地退了出来，在落寞中只有与自己的影子相伴。一个孩子，一个自卑而软弱的女孩子，她终究无法强大到无需外力就能与自己甜蜜地相处。

"我娃不爱跟人家娃娃戏耍，就看书吧，看书一样热闹。"母亲从别处给我借来了几本童话。所有的童话故事，无论经历了怎样的坎坷与磨难，结局大多还是让我满意的，总会走过"柳暗"看到"花明"，总会拨开"云雾"见到"天日"。似乎有张神奇而柔软的大手，抚过我时而忐忑时而恐惧时而愤怒的心，最后总会让它又充盈着满满的欢乐。

我喜欢上了读书带给我的感觉：时而快乐得想尖叫，时而伤心得双颊垂泪，欢喜悲哀跌宕起伏。又像泛舟游历，时而波光粼粼一泻千里，时而激流险滩阴霾笼罩，曲折刺激富有变幻。

阴霾沮丧的日子因为膝头摊开一本书，那小小的心儿就快速溢满了快乐；有病不能上学的日子因为打开心仪已久的书，心儿就开始随着明媚的阳光在书页间欢跳；小伙伴们玩得尽情尽兴，躲在角落里的我内心同样热闹无比。因为有书的陪伴，我远离了伤害，沉浸在无边的欢乐中。

能借到的书都看完了，没书看的日子最难受，以至于走在路上看到报纸的碎片，都会弯腰瞧瞧。

记得那次陪父亲进县城办事，路过新华书店门口，一向很听话的我就是迈不开步子了。我仰着脸拉着父亲的衣襟说想进去看看。父亲说不行，没时间。可我就是拗在那里不走，眼巴巴地看着他。父亲让步了，说进去行，不能买——带的钱不多。我答应他不买，就看看。

而后，而后我就食言了，一定要买。父亲犹豫了半天，说，买书的话，咱就不能吃饭了，还得走回去。我痛快地答应了。那会儿，我自私地没有理会"不吃饭""走回去"不是我一个人的事，还有父亲，更不会想到不吃饭饿着肚子走四十多里是件很难受的事。好在我是边走边看，边看边给父亲讲。后来，天色暗了下来，看不清字了，纯粹走路了，才觉得肚子饿得慌。

不过为了拥有一本自己喜欢的书，经历什么都是值得的。

也记得上中学时，班里有个同学，家里藏书很多。那同学脑袋瓜子很精明，把书带到学校出租，一本书一天二分钱。那时一份菜才五分钱，我的菜钱没有流向食堂都进了那位仁兄的衣兜。

同一条巷子里有个比我大一岁的孩子，家里藏书也多。她比较懒，说谁帮她割猪草就让谁看书，我是唯一响应且表现得异常踊跃的一个。经常拎两只笼，她家笼里的草，压得瓷瓷实实，一点都不作假。天快黑了，才赶紧给我自己割，时间太仓促，就蓬蓬松松下面还撑着棒棒。一推开家门就直冲后院，草立马倒进猪圈，还嚷嚷着说"猪吃得快得很"，以掩饰自己的心虚。

如果说儿时的我伤害过什么，就是我们家那些猪了。它换的钱我吃我喝我穿，我却糊弄它。

慢慢地，我长大了，有了很多的朋友，却依然如儿时般迷恋读书，也更加感受到了读书的魅力：它可以让深深的寂寞与沸腾的热闹并存，它是一个人的盛宴，更是一个人的朝圣之旅。阅读如清风，会吹散我心头的迷雾；阅读像沐浴，冲洗得我神清气爽；阅读似良师，帮我理清了生活的本末。

倘若不曾迷恋读书，我定然不会是今天的我。阅读改变了我的生活，引领我找到了更好的自己，让我走上了创作之路。我享尽阅读的快乐，我又怎么忍心独自拥有这份奢华？于是我引领我一届又一届的学生们亲近阅读，在阅读中寻找快乐，在阅读中提升自己，在阅读中更加热爱生活。

我对自己是放心的：有阅读的守护，我不会偏离真善美的方向。

我对我的学生们是放心的：没有了我的陪伴，他们依旧牵手阅读。

我的单间

当看到罗曼·罗兰的一句话"任何作家都需要为自己构造一个心理单间"时，我笑了，从小，我就像春燕啄泥筑巢般满心期待地为自己准备那个单间了。

构建我的单间唯一需要的原材料是书，为了它，后来经历的很多事，表明我是个没有底线的人。

身为教师的母亲，根本不知道为了看书，我，她最信任的女儿，曾偷过家里的钱。看一本书二分钱，最邪恶的时候我偷了一毛还捏了一个五分一个二分。那时的母亲绝对放心自己教育出的孩子，家里的抽屉从不上锁。而我，隔一段时间，就无法控制自己想看书的欲望，就在四下无人时拿二分，拿五分再拿一分，拿的钱是二分的倍数。

为了看书，我放纵了自己。

那时小镇上也有新华书店，经常进去翻看。翻一本书时间不能太久，太久了营业员就没好气地驱逐，得装作选书般快速扫描几页。我的过目十行快速浏览应该是那时开始训练的。一次正看得高兴，被营业员说了几句，火气噌噌就上来了，反击道"不细看哪知道好不好，值不值得买"。营业员瞪大了眼睛，一时竟没反应上来，我脚底抹油溜之大吉。

明明是自己没钱还想看书，却噎得别人够呛。

翻一翻，就翻出了念想，哪本书特别好看就惦记上了，给家道好又有点喜欢看书的同学不停地说，得挑逗起她想买的欲望，直到同学经不起我的鼓动买了。就开始不露声色的各种讨好，水到渠成就可以借书看了。

初一时的同桌也喜欢看书，家境好，经常租书看，可惜他是男生。那时男生女生合用的每一张桌子上都有深深的"三八线"，互不搭理。更为遗憾的是，他还是个小心眼。察觉到我努力倾斜着偷看他的书，书页翻动得飞快，我几乎是扫描式浏览，也不知道他自己能看进去多少。后来我读书飞快，还真得感谢那个同桌。

最幸福的是大学时期，图书馆阅览室里文史哲方面的书籍与杂志报刊，应有尽有。每次进阅览室，都有种君临天下的感觉，幸福得冒泡。上课时专业书下放小说，自习一定泡在阅览室，幸运的是居然没有补考过。

看来不考虑书时，我基本算个好人，一与书沾边，连我都鄙视自己的超级无赖。

工作之后，有空就去书报亭，只要决定买一本，就心安理得地细细看不打算买的杂志的精彩部分。

只要看见哪个同事手里拿本好书或杂志，就忘了关系的亲疏，一定会死皮赖脸缠着先睹为快。也曾无意间见到一个孩子看得专注，索来只翻看了两页就死皮赖脸借来看了一周，实在不好意思了，立马上网买回。曾走进谁家都借故进书房看看，只要入了我的眼，便会巧舌如簧达到据为己有的目的。

书是越买越多，人倒像葛朗台成了守书奴，绷着脸拒绝所有人的借阅。唯恐不珍惜弄褶皱了，不小心丢失了……只要书没在我眼前就种种不安不踏实。

看着几架以不同方式聚拢到我身边的书们，手指轻轻滑过高高低低薄薄厚厚的书脊，自得其乐又担惊受怕：乐在书多如富翁，怕在遇上同道中人。我苦心搭建的豪华单间，哪能被人偷块砖抽根椽？

面对书，自私与狭隘可见一斑。

阅读，一辈子的修行

亲爱的孩子们，倘使读书仅仅为了提升阅读与写作，那么就委屈了被你们读过的书们。那种目的读书，只是断章取义式的吸纳，难以做到因心里喜悦而疼惜文字从而传承其思想。

倘若你们能撇开"考试"，因为想了解远方的精彩而读书，因为自己的视野需要拓宽而读书，因为自己的心灵需要滋养而读书，因为自己的思想需要丰盈而读书……那就进入了自觉自愿的读书阶段，而这种阅读，将带来心灵的饱满与舒展。

试想一下吧，亲爱的孩子们。因为以上需求，你们捧起书，一定宛如心的独舞。自愿阅读，说形象点，就像一个人的狂欢，看似孤独实则热闹。我有时甚至这样想：生活，是身体的阅读；阅读，是心灵的生活。如此说来，读书与生活更加密不可分了，说读书是一辈子的修行，并不夸张。

这个时代似乎有点浮躁，不论做什么事情，人们总会问——"有什么用"。好吧，咱们也世俗一次，看看读书究竟有什么用。

读书，可以冲破局限，让你的心比脚走得更远，让你的心比现实更宽阔。读书，还可以疗伤，让你绝望的心头萌生绿意，让你的创伤慢慢愈合。

看到不美丽的简·爱充满了魅力，你还因为自己不漂亮而伤心吗？看到桑提亚哥八十五天漂浮海上只拖回一副鱼骨，你还觉得自己付出多而收获少吗？看到卢梭那么坦诚地忏悔，你还没勇气回望自己走过的弯路吗？看到富贵失去所有亲人还那么努力地活着，你还觉得自己是个倒霉蛋吗……

你发现，书就是一位心灵的牧师，梳理你的思绪，抚平你的忧伤，化解你的悲愤，给你注入继续前行的力量。是的，书是智者，顺着他的手指，你就看清了自己要去的方向。

读书，更可以让你理性又不失感性地融入生活。

人真的是种奇怪的生物，有时他会因情绪失控而变得面目全非，甚至万分狰狞。说过激的话，做过分的事，而后又懊恼不已。而大量阅读，会间接地给你很多体验，让你在别人的文字里学着打理自己的情感，疏导自己的心理，趋于理性。阅读又可以滋养柔顺你的心境，让你的感情更饱满，心胸更宽容，思想更深刻。换句话说，长期浸染在书里，你的灵魂里就平添了书的清香与雅致，你将成为感性为主理性护航的人。

读书的作用显然不止我说的这一点，你们完全可以将我说的当作冰山一角。读书可以益智，可以怡情，可以精进，可以改变自己影响他人……倘若你要求我说尽读书的好，就相当于给我一只碗，却希求我舀尽江河之水。

亲爱的孩子们，在我眼里，文字是有生命的。有时我甚至会想，那些经常被写错的字会不会满心怨气，那些总被用错的词会不会憋屈，那些被用来辱骂人的字儿会不会渐渐地失去文字固有的清香？

在我看来，阅读几乎相当于导航：不知天高地厚而忘乎所以时，阅读可以让我回归清醒；茫然无措烦躁郁闷时，心结就在阅读中打开了；受伤悲愤难以自拔时，阅读可以划开阴霾让阳光照进心间……

亲爱的孩子们，我是如此不能自拔地热爱着阅读，也深信：正感受着生活的美好或者向往美好的你们，一定也会亲近阅读。因为我们都知道，阅读是场终身修行！

第八辑　放空一天，只为想您

如果我妈会用微信

孩子们，听到你们中间有些人想屏蔽爸爸妈妈，觉得他们见啥都大惊小怪让人烦心。听得我脸红，我也曾像你们一样烦自己的妈妈，也曾像自己的妈妈一样惹自己的儿子心烦。此刻，我想跟你们分享一下我的小情绪。

事情是这样的——

快一个月了，都没看到儿子朋友圈的更新，心里就打起了小鼓：那家伙不开心了？日子过得没滋没味便没了刷朋友圈的好心情？还是嫌我啰唆屏蔽了我，我才看不到他的更新？想到后一层，我立马翻看此前的聊天记录和在他朋友圈里的留言，看是否言语不当伤害了他。就是在我心里嘀咕儿子时，"如果我妈会用微信"这个念头冒了出来。

如果我妈会用微信，毫无质疑会把我的微信号置顶。我绝对不能在朋友圈里随便发牢骚，那样她会着急的。

我如果说"累成狗了，随便吃点，饿不死就行"，她会霸道地让我的父亲坐最早或最晚的班车甚至不惜坐出租，把还冒着热气的包子或蒸面送到我家——绝对不会计算来回车票。我如果说"压力太大了，不知道该用热锅炒领导还是炒自己"，我妈一定会自己跑进城拉我回老家，她会说"哪块黄土都养人，我跟你大能养活起你"……

我的一点小事或玩笑，在她那里都是天大的不能马虎的事。她可能不理解网络语言，但她一定总在揣摩着我这个女儿的心思与处境。那样，我会不会像你们一样屏蔽她？嫌她啰唆？烦她忙中添乱？或者怕她操心？

如果我妈会用微信，每天肯定是惶恐不安。一定会觉得别的女人都在轻歌曼舞，只有她的宝贝女儿在十九层地狱里痛苦挣扎。

十七八年前，一向毫不讲究的她，竟然鼓动比她还土气的我穿靴子穿打底裤，带披肩。还有名有姓地说谁谁的女儿只是在城里打工都穿得很时髦，谁谁的媳妇专职在家带孩子一件衣服都几百上千……总之，她的既有学历还吃皇粮的女儿绝不能看起来土得掉渣儿，对不起自己。如果我妈会用微信，朋友圈里很多人都晒旅游晒吃晒喝晒购物，好像都生活在只是享受的天堂，她不得多眼红啊，小心脏绝对承受不起想象中我的"悲苦"……我得不断地给我妈解释，躺在床上也可以发旅游，吃小葱拌豆腐也可以发海鲜，有时图文无关啊，图片仅供参考啊……我得告诉她，"晒"是一种生活方式，却未必是真生活。

那样，我会不会为了预防她得红眼病，得变得超级做作也大晒特晒？我会不会天天叮嘱堂姐妹表兄弟不要发可能刺激到我母上大人的大幸事大美事？我会不会因此在别人眼里堕落为小肚鸡肠的人？

倘若我妈会用微信，我坚信她老人家一定会沦陷在微商的狂轰乱炸中。

她会把省吃俭用的钱拿出来百分之八十给我买各种眼贴——她最害怕我看书写作伤眼睛，为此分外担忧；她会把朋友圈里承诺最响亮一个字能砸出一个坑的美容产品买给我——她总以为是自己的不讲究导致我懒散而不修边幅，为此内疚不已……我妈绝不会像众多上当的老年人那样为孤独的自己买回大量无用的东西，她满心里都是我，哪里容得下她自己？

那样，我会不会找人盗她的微信号？我会不会防范每一个跟我妈聊天聊得火热的年轻人？我会不会也变得婆婆妈妈真真假假去糊弄她怕她上当受骗？

如果我妈会用微信，一定会每天给我发鸡汤文，绝对以养生为主——她关心我的身体胜过一切。她也一定是我每一条朋友圈第一个点赞的，第一个转发的，甚至第一个实践的……

之所以用"如果"，因为我妈已经走了十多年，那时咱们这个小城的人还没有使用微信。如果我妈拥有过手机，此刻，我的通讯录一定有个看着都温暖的"妈"。很遗憾，我妈临走，也没有拥有过手机。

此刻，面对你们，亲爱的孩子们，我是以妈妈与女儿的双重身份唠叨的。因为我隐隐地感觉到了有些同学因为不理解爸爸妈妈而排斥他们，我为此既伤感又担忧。

孩子们，因为年龄的差距、生长环境的不同，你们与自己的爸爸妈妈在幼年时接受的熏陶就不同，自然就决定了认知上的不同，冲撞与矛盾也就在所难免。不是爸爸妈妈刻意为难你们，也不是你们有意冒犯他们，只因代沟的存在。你们快乐而阳光地成长，才是他们最大的心愿。

我一直以您为傲

我一直以您为傲，想给您细说时，您已离开了我。

最早时知道了一些同学妈妈的名字，什么"兰"呀"菊"呀，"云"呀"凤"呀，感觉不是地里栽的就是天上飘的，而您的名字里有个"哲"，"哲理""哲学"，多有深度。以至于若干年后，每每翻开黑格尔、康德、弗洛伊德、尼采等的书，都觉得自己应该喜欢看且必须看懂，是不是好没道理？

妈妈，您不知道，单单您那个名字，让小小的我骄傲了很多年，理所当然一厢情愿地读了大量的哲学书籍，影响了我的认知世界。

因为自己妈妈名字里的一个字，喜欢上阅读一类书，是荒唐还是滑稽？爱有时就是这么任性这么没缘由。

一米五四的我，走到哪里都像发育不良的小可怜。每每有人笑话我的身高时，我第一个冒出来的就是"我妈是大高个"。是不是傻得冒泡？可我就是骄傲，小时候抱着您的腿耍混账的情形至今还记得，我妈妈高大到连愤怒倾泻到我身上都因为长途奔波而稀释了很多，常常恨恨地举起手，又轻轻地落在我的发迹。是不是因为那个原因，我总是屡教不改，难以很快地出落到更好。

矮小的我从不自卑，倒不是得益于您安慰的"秤砣虽小压千斤，电线杆再高也只是电线杆"。我对身高的无所谓，只是源于您是个大高个，好像您的高就弥补了我的矮。

因为您的高就忽视了我的矮，就矮得那么理直气壮，是肤浅还是无知？爱有时就这么率性这么霸气。

我四肢极不协调，一着急，走路都显得那么别扭。可别人怎么笑我都不介意，因为我妈妈年轻时不只是心灵手巧还能歌善舞呢。还记得儿时，为了让我学会跳大绳，只要是大活动时间，您就找来同事在操场上抡绳让我跳。训练了很久，很遗憾，我还是不能够连续跳起两次而不被套住。您手把手教我翻交交，我没学会，倒练习得您自己比小孩子都快。您教我骑自行车，在我反反复复摔倒后，您无奈地说，算了，妈将来年龄大了带不动你了，还有你哥，不学了。

您常常满眼忧愁地看着我，说你咋这么笨啊，我嬉笑着往您怀里一钻，就是不说话。妈妈，您从来不知道我为啥总是没心没肺地傻乐呵——我的妈妈啥都会，我不会也没什么大不了。

因为您利索能干我就理所当然笨手笨脚，还笨得毫不脸红，是混账还是愚蠢？爱有时就这么不讲理这么没逻辑。

不敢回忆不忍回忆却情不自禁地深陷其中不能自拔：在所有的往事里，我都是一个别别扭扭的存在，却真的那么开心那么骄傲从不自卑。如今想来那时候的自己好生奇怪：似乎一直都想不起自己，想不起自己的笨，笨得想不到自己的不可救药，还不可救药地骄傲着您的无所不能无所不好。

妈妈，我是不是真的很笨？到现在依旧一提起您就忘了我自己，忘了自己地以您为傲。

是，您没有人家妈妈那样会做各种饭食。甚至我去外地上学或假期回家，您也不会讲究得"落身饺子起身面"那样迎回送走。即使我开水泡馍，离开家也是不能帮您干活的遗憾。爱不是被照顾得多舒坦，而是离开时的心安，就像您去趟外婆家恨不得烙张大饼挂在我脖子上。

是，您好像也没有人家妈妈疼儿女。忙得没时间把年幼的我打扮得花枝招展，只是手底下不闲地用目光将我疼爱。可我总觉得抱歉，粗胳膊笨腿地不能帮您做细致点的家务。爱不是仰仗您改变我多少，而是我能带给您多少欣慰，就像您从来不曾对学习十分努力却一点都不优秀的我失望。

您不及别人妈妈的不少，我却一直觉得您优于别人妈妈的更多。多少有点像您对我的感觉：不管别人的孩子多么多么优秀，您看我的目光里爱意总是浓郁得化不开。

爱，让人目盲得失去客观标准，我们彼此，开开心心地犯着相同的错，乐此不疲。

小妹

那是个周末。我七岁，二妹两岁，妈怀里抱着六个月大的小妹。二妹的小嘴巴吧唧吧唧小话儿说个没完没了，妈直摆手，说出去玩出去玩，吵得头疼，头——疼。妈声音一大，爸就出面了，说让你妈静静，我带你俩出去玩。

我们就跟着爸出了门。

爸破天荒地大方，给我跟二妹一人买了根糖葫芦。往常呀，他只买一根。拿到糖葫芦，我俩先得数好，分清楚，一人吃几个，吃时还得计较谁哪口咬得狠了沾了自己的光。爸还带我们去了动物园，他也进去了。平时呢，他会对二妹说，让你姐进，她大，看得清看得仔细，出来给咱俩好好讲。更不会给自己也买一张。

那天，我们玩得可开心了，饭都是在外面吃的。回到家就很晚很晚了，晚到妈不小心弄丢了小妹，瞅着唯一的一张全家福直抹泪。

我愣了一会儿，跳将起来。"假的，假的，都是假的！不是弄丢了，是给别人家了！"我略一过脑就喊了出来，还哗啦啦倒出了很多理由：

150

爸今天突然那么大方，肯定有问题。上周才照了全家福，这周小妹就丢了，太巧了。妈能弄丢孩子？我跟她出门都死死地拽着我的衣领让我脖子难受，没有一点自由，咋可能抱着小妹就丢了？让妈丢孩子，就是让门口那一抱粗的大树瞬间弄丢满树的叶子，就是让厂里的花园眨眼间弄丢所有的花花草草！还有啊，那一段时间，街坊大婶大妈常说谁家又把孩子送人，哪家又抱回来一个孩子……

我的小脑子里拥挤着沸腾着种种不相信，鬼才相信妈弄丢了小妹！

我不消停地吵着要小妹，胆小的二妹竟傻傻地问，会不会哪天把她也弄丢了。

那晚，我一直闹，妈一直流泪，爸一直沉默，二妹一直不安地瞅瞅这个瞅瞅那个。

也是后来才知道，爸爸同厂的一叔叔，他堂妹嫁到附近郊区，结婚多年不生孩子，小妹去了那家。小妹刚送走的第二天早晨，爸又找了那个叔叔想要回小妹，结果看到那对夫妇眼泪巴巴苦苦哀求的样子，心又软了。

四年后的一天，也是个周末。厂里放电影，远远近近的人都赶来了。我好不容易坐定，一大婶拍了我一下说，快看，那是你家送了人的妹妹，跟你二妹多像。天，活脱脱二妹小时候的模样。人拥挤得像墙，我无法靠过去。喧闹声很大，也无法喊她。电影开演了，安静下来了，却找不到她了。很懊恼地回去说给妈，妈扔掉手里的针线活，摇着晃着我的肩膀：真的假的？看清了？长得啥眉眼？说话了没……我不知道该回答哪一句，而后就看见妈跌坐在椅子上，捶打着自己的腿，嘴里嘀咕着"我咋没去看电影""我咋没去看电影"……

以后每次放电影，活再多，妈都会放下，都会去看电影。多年后，她长长地叹了一口气，说自己白看了多年电影。妈的心，哪里在电影上。

又是两年后的暑假，二妹耷拉着脑袋回来了。憋了半天，才开了口：

她在厂里玩时，来了个农村的野丫头，起先玩得不错，后来发生了不愉快，还动手打了架。正撕扯着，来了个大人，说那是你家的小妹，一个模子里刻出来的还打架？羞得二妹撒腿就跑了回来。妈拽起二妹喊上我，火烧火燎地赶往打架地点……孩子们都散了，没一个人。

妈戳着二妹的脑门数落了一路：不晓得小妹比你小？人家都说长得像就你看不出？长得那么像你都下得了手？你没照顾过小妹还打她？

兴许是说到了"照顾"俩字，妈难过得说不下去了，她照顾着的娃打了她没法照顾深深愧疚的娃。

小妹一直是妈最大的心病，妈一听谁家又把孩子送人了就难受，就说造孽。妈可能觉得自己生而不养，就是造孽。长大后我也明白了，找小妹这件事其实很简单，顺着爸爸厂里那个叔叔，就可以找到。可妈，就是愿意痴痴地等，痴痴地找……

放空一天，只为想您

今天是我的生日，母亲在时看望母亲，母亲走后就剩下虚无的感念了。

在想而不能时，我会变得很压抑很悲观，甚至对词语也生出恨意。比如"感念"，高大抽象到只是慰藉罢了。2008 年以后的每一个今天，在我，只是铺天盖地的悲哀，悲哀到深陷无力不能自拔，自己的一切努力在那一天失去了所有价值与意义。一个女儿是否有点出息，全在于母亲目光里流淌出的成分。

母亲曾说：妈想我娃，我娃就来了，只怪妈没把我娃照顾好……而后母亲就泪水涟涟地说起往事，言语里尽是悔恨。我从来没有怪怨过她。四十八年前，巷子里三个婴儿出天花，唯一挺过来的就是我，如今快五十岁了，不应该满心感激吗？

不知为什么，我固执地只想感谢我的母亲，明明是我的父亲解决了家里的温饱。我的父亲从未打骂过我，我的母亲脾性不好，又苛求完美，对做错事的我非打即骂。可静下心来回望每个阶段的自己，都有被母亲改造过的深深的痕迹。

小学时手脚极不协调，不会跳绳，不会踢毽子。可母亲一直教我，直教到我进了中学不再需要幼稚的游戏来陪伴。我是一直没学会，却不曾疏离游戏的快乐。童年的我不曾被童年拒绝在门外，源于母亲一直帮我死扛着童年的大门，不至于在寂寞里形成孤僻的性格。也因了母亲是老师，各方面都不优秀的我，有了可怜的小骄傲垫底，倒也不至于堕进无药可救的差生行列。

中学自己带干粮开始食宿在小镇，距离家五里。母亲去了更远的村子教学。同学们每周三下午回家带下半周的干粮，母亲会骑着自行车给我送到学校，少了往返奔波的辛苦，多了好好学习的时间。假期回到家里，别的孩子都在地里帮父母忙活，我只是被母亲要求在家里复习功课就行。每个假期，都是我强大自己的加油站——给了笨鸟大量的苦练时间，笨鸟飞起来也就有模有样了。

大学时曾给个体户的孩子做过一段家教，骄傲地写信告知家里，母亲让我将辅导时发生的事情随便写给她。三十年前，只是书信，没有电话。我收到了她的回信——让停止家教，理由很简单：那家长从不和你交流，只让你在柜台里辅导孩子，不尊重你。"感觉有伤自尊的事，绝对不能做"，母亲是以这句话结束那封信的。

直到现在，我不知道是该欢喜还是该悲哀：尊严被我呵护得无比大，大到为了保护它可以舍弃很多。当然，好处也是饱满的，可以问心无愧地挺直腰板，可以安安心心睡好觉。

工作了，不怕领导怕母亲。面对同样教师出身的她，我总感觉自己摆脱不了要努力成为好学生心理——她每次都要问我所带班级的考试名次、班级情况。问得我总不踏实，总怕辜负，李老师的女儿张老师应该努力成最好的老师啊。越发认真越发努力，为了给母亲响亮地作答。多年后，在教师岗位上获得了一些小荣誉，真得感谢身后那根督促我的无形鞭子。

尊严、努力，这是从青春期到工作后母亲教给我的。

细想起来，没有母亲为我梳头的记忆，从小到大为了不用打理她都给我留着难看的瓜瓢头；没有母亲给我暖手或做精致饭菜的记忆，母亲是有大格局没有小细节的粗线条……为什么我还老想起母亲，为什么对母亲近离父亲远？后来，我说服了自己：生日自然得感念母亲，一个孩子的降生可能有多种原因，只有两个是不可改变的：一是怀胎十月，二是人生人，吓死人。我更爱我母亲就是情理之中了，也就减少了对父亲的愧疚。

生日里，没有母亲来行孝，只好虚无地感念。

我和母亲的战争

今天是母亲的生日，当我的手指轻轻滑过她的相片时，我能够感觉到母亲在瞅着我笑，眉梢眼角，都荡漾着慈祥的笑。母亲总是一脸喜相，一直这样，即使身再累心再苦也总是笑着与人开言搭腔。

母亲的笑深深地刺痛了我，我潸然泪下，——她已经撇下我独自离开十一个月了。

我真不是个孝顺的女儿，常顶撞母亲，过后又不能原谅自己向她道歉。如此反反复复，像个屡教不改的顽劣孩子。我总觉得，即便女儿再蛮横再恶劣，母亲也会容忍也会迁就的。我却忘了时间老人的容忍是有限度的，——你既已不爱，休怪我将你的母亲从身边拽开，生生地拽开，永远地天人两隔！回忆起往事，只留下我和母亲的频频战事。

第一次顶撞母亲是十三年前。那时儿子笃行刚出生，是剖腹产，又大出血，产后贫血极度虚弱的我，又因疑虑固执地不肯接受来自街道上专业卖血人的血。

"好娃哩，妈和你大不能给你输血，人家说血型不对。你这样子连自

156

家的骨头架架都撑不起来，病病歪歪咋管娃……"母亲一说话就是高喉咙大嗓门，整个病房的其他人都瞅着我。我没好气地说她："真愚昧，啥人的血都能输？专门卖血人的血是啥血？没病都能输出病！"

母亲显得很生气："我愚昧？我只知道只要身体能好还能管娃，叫我输猪血都成！"记得我赌气一转身子，伤口疼得呻吟了一下："你再惹我生气就回去，不要你照顾我！"

母亲便没有再说话，就出去了。回来时给我拎着一大塑料袋类似"红桃 k"那样据说是补血的药。我当时真的是无地自容般的羞愧，心里暗暗发誓，母亲都是为了我好，我绝不再惹她生气了。事实上，那次只是我和母亲频频战事的开始。

出院后母亲依然照顾我和儿子。

那时的儿子特能哭，一哭起来就紧闭眼睛，摆出不哭破嗓子决不罢休的架势：摇摆着小脑袋不吃不喝地哭，放在床上哭，抱在怀里也哭，摇着晃着想分散他的注意力也无济于事，只是没缘由的大哭。

母亲怕吵着我休息想要抱出去，我又不让儿子脱离我的视线。母亲只好迁就任性的女儿，在房子里抱着小家伙摇着晃着，走来走去，他依旧哭着。母亲就有些生气了："生了一个你，把你妈都累成那样了，你还不省点事地哭，真是个混账东西！"

我不乐意了，就冲母亲发火："我娃好歹都管你叫'外婆'，你就说我娃'混账东西'？我不嫌我娃哭，我抱我娃，不要你抱……"话没说完，我的泪水就流下来了。

"我是怕把你吵得休息不好，有一点声音你都睡不着，你要多休息，妈哪敢嫌你娃？"母亲就连忙解释着，"好娃哩，女人月子里就不敢流眼泪，流眼泪将来眼睛就疼得受不了。我孙子想哭就哭，咱就当练嗓子。"

于是我破涕为笑了，母亲也是一脸附和的笑。

孩子在长大，我和母亲在教育小家伙方面的矛盾长得更快。

小家伙性急，我紧跟着他伺候还常常不到位。说真的，作为一名教育工作者，面对自己的孩子，就失去了理智。

随时准备半杯凉开水，他任何时候渴了，只需掺点手边的热水，端起就能喝；他的玩具已经堆了几大堆，一见他有想买的意思，就慷慨掏腰包；他喜欢在哪滚在哪爬都可以，只要他舒服，大不了我辛苦点一天多换洗两身衣服……

"惯子如杀子，"母亲实在看不下去了，就开口了，"把你能累死，把娃也害了。你伺候得那周到，我看你娃到人家屋里都不会喝水了……"

我就不乐意了，曾故意气了她一回："你忙得把我小时候没照顾好，一年四季老是喝凉水吃剩饭，我能像你那样虐待我娃？"母亲不说话了，只是瞅着房门外。我又说，"看看看，真小气，你女都不能和你开玩笑？……"

三十多年前的关中农村，有谁在穿不暖吃不饱的情况下还常常给孩子买书看？有谁让孩子骄傲地穿着只有城里人才穿的买来的小皮鞋并告诉她"穿城里人的鞋就能走进城里"？我的母亲就是这样做的。

可我就是满眼都是我的儿子，总和母亲抬杠，惹她不高兴。

记忆最深的，是母亲嫌孩子贪玩不认真写作业训斥他的事。

"吃得香穿得好，你是在享你妈的福，你自己不努力的话，看你将来过啥日子？你妈管得了你今日管得了你明儿，管不了你一辈子……"

我当时觉得母亲的话太重了，怕伤害了儿子的自尊。"不要那样训我娃。现在的娃娃都贪玩，大一点自然就好了。"

母亲看了我一眼，不高兴毫不掩饰地写在脸上："还想叫娃比人强，还不想叫娃下苦，——你还真会当妈？"她好像在自言自语，"慈母多败子。"

回想起来，我似乎曾是个乖女儿，可自从有了这个小家伙，我就成了不明是非的混账女儿，总因他和母亲起争吵，惹母亲伤心害自己流泪。

当然，母亲也一直在管教着她这个已经四十岁的女儿，也一直为自己再无力指教好女儿而和自己怄气。

"要是当初不叫你念书就好了，也不要我天天担心你。"我一趴到电脑前母亲就来气，"在学校趴着写，回来还是趴着写，不要眼睛了？"就倚在门上嘟哝，"你都不知道疼惜你自家，谁能看见你的难处？……"

我只是低着头敲击着自己的键盘，我知道母亲的担心：我的右眼早已失明，左眼又是近视，经常伏案熬夜，眼睛就肿胀难受，颈椎也不舒服。可是我喜欢，喜欢在文字间畅游，喜欢将看到听到想到的种种感受用文字排列并与人分享。

于是，母亲见我看书写作就来气，就训斥自己："都是烂书把人害了，当个农民有多好，哪一亩地里不养活人，念死书受活罪……"

而今，任我熬夜熬破天，再也没有人在我旁边唠叨了，可我一侧头，总能看见母亲倚在门框上……

泪眼婆娑的，只有我自己。

一生，一世

现在才知道，母女一场，才不管你怀里揣着浓得化不开的情，还是心里装着撕心裂肺的爱，也只是，一生一世。捧着母亲的照片，看着她流淌在眼角眉梢的笑，只有揪心的痛。

又忆起自己住院时，刚动过手术还不能起身，行动不便的母亲让侄女张洁搀扶着她来病房看我的情形——

她出现在我面前时是满脸带笑的，眼角却分明是刚刚擦过的湿湿的泪痕："好娃哩，再不要说你心有多高，你就只有这一米五几的个子、八十多斤的分量，说倒就倒了，——把自家当事点比啥都好！"

那次，母亲一直是拄着拐杖站着，她盯着我看了好一会儿，才让侄女扶着她出了病房。

我想，她是回家去了。

后来，一直在病房陪着我的好友亚芳数落起我来："你就是一个碎女人，心大得想咋？你睡在床上动不了，你知道不知道你妈在外面的窗台底下站了半天，哭了半天。你不心疼自家，也该心疼一下你妈……"

母亲去世后，有几次，实在太想母亲了，就跑到医院，就站在母亲曾经站立的地方，想象着身体不便的她是如何长时间地站在那里，想象着她悄悄地瞅着病房里任性的女儿默默流泪的情形……

只因固执，我总让母亲操心。

我的视力一直很不好，右眼几乎没有视力，却很爱读书写作。单单为了此事，母亲和我战事不断。

"你也到街上转转，眼宽，窝在屋里憋闷不憋闷？"一旦我在电脑前坐久了，母亲就倚着门框，劝我歇会儿。我又常常只是敷衍她，依旧赖着不下来，她就生气了，"我真是把人亏了，为啥要供你上学？人家当农民也能把日子过得舒坦。天天不是看书就是写东西，你想把一辈子活成八辈子？"

还记得母亲曾很生气地说，她最烦的事就是看见我读书或写东西，最后悔的事就是供我上学。

而今，即便我一宿一宿不睡觉，还有谁担心我的视力我的健康？时间长了累了，略作休息时，我总瞅着门口，朦胧间，母亲就倚着门框，满脸嗔怒地看着我……

也记得和母亲通电话时顺便说了自己的梦。她竟然要赶在太阳出来前在南墙上"画符"来破解，结果在结了冰的雪地上重重地摔倒了。我还因此笑她迷信。

"没办法，我胳膊腿不争气，啥事都不能替你做，就图自家心里踏实。"母亲是这样解释的。

母亲心里的不踏实源于对我的担心。

"对人说话要软和，你对妈再死倔死倔，妈都能忍。人家就不行了……"

"没有过不去的，有来就有去，不敢把自家的心压得太重了。"

"你不是人家，人家也不是你，遇事要能来回想……"

而我，总嫌母亲唠叨，还顶撞她说"老得啥都干不了，就剩下说不顶事的话了"。如今想来，自己真是混蛋，这样伤人的混账话也说得出口？

母亲现在应该彻底踏实了吧？母亲或许是太累太累了，已经没有体力和精力再照顾我们这些在她眼里永远都长不大永远都需要她照顾的儿女们，才走的吧？

从母亲去世后，尽管我天天想到她就泪流不止，尽管人都说"日有所思夜有所梦"，可我就是不曾梦见过她。我甚至觉得自己好失败：那么想念自己的母亲却梦不到她！我只有安慰自己，母亲那人一直都是那么倔，走就走得彻彻底底，怕打扰我的生活，就不出现在我的梦里。

在交九的那天夜里，我竟然梦到了母亲。

"你这瓜女子，就不会照顾自家，变天了，穿暖和点。"她走在我的前面，回头，就说了这么一句话，说话时，眉梢眼角都淌着笑。而后，就消失了。

上班前，想起梦里的事，就笑着加了件背心。办公室里，大家都说着"一下子冷多了"之类的话时，我心里热乎乎的，不觉，眼角又湿润了。

永远忘不了那次，身体极为不便的母亲竟然让侄女陪她挤长途汽车来西安儿童医院看我和住院的儿子。"有妈哩，我娃甭怕，安心给娃看病。"走时还硬塞给我三千块钱。

如今想来，我真是太残忍了，自己无力承担痛苦或是感到绝望时，就哭诉给母亲。母亲，一个六十多岁连自己都不能好好照顾的人，便要替我扛着。我是个有着充沛精力固定薪水的中年人，却一直用自己的遭遇折磨着没有体力也没有经济能力的老母亲，我何以如此残忍？

婚姻无法挽回那阵子，母亲宁要跟我一起进城同住。我独自照顾体弱的儿子，还得再加上偏瘫的母亲，便心生抱怨。后来才听父亲说，母亲是怕我想不开做傻事，不敢离开我，是"不敢离开我"而不是想给我添麻烦。

——只有不孝的儿女，哪有不体谅儿女的母亲？

母女一场，再爱，再心疼，也只有一生，也只有一世。

第九辑　喜欢走出去

看，银杏树

教室外面是一排银杏树，一片金黄煞是好看。突发奇想，何不带孩子们来一次"秋游"，享受这份美好？带孩子们走出教室，站于树下，给他们分享了这排银杏树曾带给我的种种感受。而后各自散开，观察、写作。

此刻，看着银杏树，我，还能想到什么？

整排开始的第一棵树，几乎是最矮小的，却同样满树金黄。

哪怕最矮小，都竭尽全力变黄！是不是因为它想啊，自己既然被安排在第一的位置，就得克服种种困难表现得朝气蓬勃，一定得带个好头？

看着这棵树，我满心羞愧：我不是总想着说着自己的种种不如人，而后就原谅了自己更多的不如人？

整棵树不打折扣全部金黄，是对秋天的承诺还是对自己的严格要求？是不是满腔热情支撑着它迎来不含杂色的金黄？

这是一棵有梦想的树，将所有念想怒放成一树金黄；这是一棵严于律己的树，不允许有杂色的存在。树且如此，我们如何？世间多少事，不都是我们先有了妥协的心，又推诿说"力不从心"？一树金黄，让我汗颜。

近旁依然满树苍翠的这棵，是怕留下塔松孤单，宁愿自己不合群也要陪伴它？是不甘心整体变黄坚守绿色？还是因对夏不舍而断然拒绝秋？

不论哪种，树叶与四季，如同我们面对社会洪流，想要坚守，多少有点螳臂挡车的味儿。事实是，有些人明知如此可笑，不也不想委屈自己向善向美的心，不也不甘不屈不挠地对抗着？

瞧，那些飘落在塔松上的叶子，它们"化作春泥来护树"会不会成为一种奢望？我一直觉得，腐烂，是叶的重生。

突然想起多少年前被我塑封的银杏叶，它是幸运的还是悲哀的？幸运的是不再会腐烂了，悲哀的是生命就此彻底消失。

看中间这棵，比第一棵还小点，应该是最小的树了。树上竟然结了很多银杏果，其他高大的树上却找不到一枚。

是不是低矮的就得竭力拔高自己？就得通过"结果"来努力证明自己没有辜负四季没有让期待的目光失望？亲爱的，你会不会因为自己外在条件太好而纵容自己？

低头，地上躺着好多叶子，附身捡起一片。这些叶子会不会被谁捡起并珍藏？谁说不会呢。即使落在同一地面，也会有千差万别的归宿啊，一母同胞不也有高下优劣之别？

每年，看到校园里的银杏树，心里都奔涌着欢喜，泛滥着种种感受。而这些感受，年年不同。那么我跟每一届孩子们分享的，不就是独属陪伴他们时的自己？

所分享的，又哪里是银杏呢？只是希望他们学会思考并珍惜每一场相遇罢了。

那些年遗失的"说好了"

这个题目是今早突然冒出来的，吓了我自己一大跳：太多太多的"说好了"都成了遗憾，说给自己的，说给别人的。

"等一切就绪了，独自远足一次。"

独自，或许会遭遇到突如其来的困难一时束手无策，也可能邂逅美好终生难忘。一个完整意义上的人，必须有属于自己的最隐蔽的念想——心灵的后花园，别人无从涉足无法进入。

至今，我也不曾独自出门。任何时候，都觉得没有将一切就绪，没有到可以任性地天南地北走一遭即便遇到不测也可以无牵无挂地离开。爱人曾开玩笑说，没事，你安全得很，劫啥都没有，丢不了。孩子立马抗议，胡说，我妈丢了我的全世界就丢了。老妈也接了嘴，再丑的媳妇也是妈最亲的女。爱人慌忙各方讨好熄灭战火。

那一刻，我才知道，自己真的不可以任性地张扬自我，更不可以张口就是"穿越无人区"，——身后有人拽着拉着呢。

"有了家，一定得给自己留个书房。"

家倒有了，却依然没有像样的书房。是心中有愧吧，才狠劲读书。没书房还想赖成文化人，不得都装心里才有点底气？每每看着别人气派的书房，硕大的地球仪，镇宅的各种大型玉石，我俨然刘姥姥进大观园，羞愧万分恨不得缩成一页薄纸藏身其间。我只有一个很小很小的书架，书们只能轮流站站。一度全是诗词，继而林清玄独步天下，而今挤满严歌苓，此后还不知是谁的天下。

　　挺不错了，多少人没有书房，却写出了荡气回肠的书。遂不再惦记书房。

　　跟自己"说好了"的很多很多，都敷衍了，敷衍得连自己都忘了，自然也原谅了不守信的自己。

　　对至亲"说好了"的，又兑现了多少？

　　曾对母亲说，一切就绪了把您接上来。至今我也不知道"一切就绪"的标准是什么，直到疲惫不堪的母亲轰然倒地自己成了没妈的孩子。我失信于这个世界上唯一不计成本不讲原则地疼爱我的人，为此愧疚得几乎哭干了眼泪。

　　母亲走了快十年了，一次也未曾梦到过，是母亲对我太失望了，一走而百了；还是母亲依然疼爱我，不愿打搅惊吓我？

　　母亲故去老父亲依旧在乡下，"说好了"照顾老父亲让遗憾少点。老父亲不愿意来、不适应住、不放心乡下。自己又不能天天往返，稍有空闲还想读书写作，常常满眼疲惫地瞅着乡下的方向：已经七十五岁了，属于他的日子又有多少？突然发现，"说好了"后面的难度太大了：老父亲理由是七楼太高不方便，我却没有立马买个电梯房的能力与气魄；老父亲说城里没人说话，我也没有把他想说话的人随时接来的能力；老父亲说他要陪着失去父母的侄儿，我也没有改变侄儿糟糕处境的能力……我懊恼自己没有堵死他所有理由的能力……

　　朋友呢？

给异姓妹妹成娟"说好了"一起登泰山。泰山就在成娟家门口，她却从未登过，等我一起登。很多事，都看跟谁做，才有滋味。我也坚信，登泰山得跟成娟一起，看五大连池得跟文虎一起，出国游得跟凌鸽永娟一起……

几年了，成娟邀请文虎催促，都未成行。放着，推着，竟然没有了激情，竟然觉得"看不看都在那里，看不看自己还是自己"。

天——，我就是这种敷衍着生活敷衍着自己，丢了一路"说好了"，只剩下自己索然前行。"说好了"都是美好，我何以变得如此冷漠忍心舍弃？

那些年遗失的"说好了"，其实都化作心里的梗，或者，心底的刺。偶尔忆起，都是疼。

喜欢走出去

喜欢走出去，喜欢遇见。庆幸的是遇见的尽是满眼的浪漫与美好，就越发喜欢走出去了。

我应该算复杂的矛盾体。知母莫如子，儿子经常看我的目光怪怪的，有时还会感慨：妈，你真算个奇特的物种。可不，眼看着奔五的人了，还是呆头呆脑，满脑子里都沸腾着困惑：

寻来觅去，我咋就没发现一棵树是丑的？

为什么不是所有的人都追求阳光向上，那不就是最美好的生活？

为啥只要有书看我一个月不出门都不急不躁，为啥有的人一会儿都坐不住？

……

不管我抛出多少问题给儿子，他总是不震不惊微笑了之，偶尔会翻个白眼，或很不屑地扔过来一句——"拒绝解释常识性问题"。有时被我追问地急了，只回应一句：某些人年龄跑得太快了，该等等心智。

那副情形让我总心生感慨：孤独不是一个人，而是身边有人却真的不理解你；孤独不是身边有人不理解你，而是身边不理解你的人恰恰是你最亲最爱最自以为彼此可以互为灵魂的人。就像，我和儿子。

从这一点来说，我想走出去，想自己去发现答案，甚至梦想着遇到灵魂有趣的人。

走出去，且不应该有明确的目的，有明确的目的太伤诗意。每次无目的地走出去，每次都收获满满。

曾在山西绵山，遇见一少年。一路同行，遇攀缘就要去我的行李，逢台阶就伸手搀扶，如母亲跟儿子。他言语里是美好的憧憬，行动中尽显体恤他人的温情，不就是我心中美好的少年？有多少这样的美少年啊，我得走出去，为了心里有不竭的希望。

曾在山东烟台看海，遇见一长者。举手投足尽是知性优雅的诠释，原来年龄可以成为最美好的包浆啊，那一刻，我甚至渴望尽快、立马、当下就老成那样。老不可怕，老成一幅美景更令人向往。

曾在重庆解放碑下，遇见一小姑娘。弯腰，用湿巾使劲擦拭解放碑的底座，恍惚间进了童话里。我逗小姑娘，你能把整个解放碑擦干净吗？我的意思是它太高太大而你实在太小太小了。"我把这一块能擦干净。"小姑娘用小手比画了一个不大的范围。小姑娘真是了不起，那么小却那么睿智，她在用实际行动告诉我：世界多大我不管，我能掌控的才是"我的世界"。

曾在延安，遇见一农妇。放下自己的事，热情地陪我逛了一天，仅仅因为觉得我"说的话好听"就乐意做免费导游。她的行为让我汗颜：为了取悦自己，我没有丝毫功利地做过什么？每每感觉到可能利欲熏心违背做人原则时，就想到那一刻纯粹为了自己快乐的妇人，就把住了心舵。

曾在苏州，遇见一亿万富翁。低调谦和到就像田间地头遇见的扛着锄头下地的老大哥。他似乎告诉我：每个人都在锄着自己的一亩三分地，你满园牡丹她一地水稻，都只是做好了自己该做的事，有什么好骄傲的？每每有所懈怠，或膨胀得尾骨要冒出来时，就拉出他来警示自己的不足。

……

我不是天性喜欢游山玩水，更不是读完了万卷书后用行万里路来成全什么，可真的喜欢没目的地走出去。每次走出去，都会有美好的遇见。

缝出一朵花

我一直不知道，是因为外婆有颗玲珑心才手巧，还是手巧心玲珑？儿时的我，喜欢静静坐在一旁，看外婆做活计，也就是拾掇废物——错了错了，我这样说外婆肯定会生气的：在她眼里，就没有废物，只有待用的宝贝。

找人讨来书店里打包捆书用的塑料编织袋，先染色，红的绿的，当然还有本色的白。晾干后，忙里偷闲，外婆就编出好几个篮子，大的小的，方的圆的，绿的草红的花。外婆似乎不喜欢独自占有，编多了就送亲戚乡人。我有时想，外婆的好名声，是不是就这样四下里散东西得来的？

输液管那时稀罕——有点小病，谁看医生？都扛着。也不知她从哪里讨来一把输液管，冲洗干净后，只借助豆子、纽扣、火柴棒，就编成各种动物：蜗牛、蜻蜓、小金鱼、螃蟹、小兔子、小狗……只要我能想到的，外婆就能编出来，很是好看。

看着外婆用小剪刀剪出俏丽的花纹，绾来绕去，插进拉出，初具形

172

样了，再打扮几下，小动物就栩栩如生了。是那些形样都在外婆心里，单等着外婆唤醒？还是外婆的手上有仙气？有一次我看得痴呆了，不由得伸出小手，轻轻在外婆手背上摩挲起来。外婆笑着说，小傻瓜啊。

炕头的小包袱里全是碎布片——调整好花色，外婆就做成好看的书包、坐垫、门帘，反倒比整块布做出来的好看。

碗儿盆儿补过后再破损，就退出厨房了，外婆就让它们充当花盆……用外婆的话说，过日子哪有废物，竹笼破了还能当柴火烧。

已过上小康生活的今天，我常常想起陪伴在外婆身边的日子，想起外婆常唠叨的那句话：只要勤快，烂日子也能缝补出一朵花——就怕懒，懒了，日子就过到底喽。

今夜，我想给您倾诉

> 白天在课堂上，我对孩子们说，你们要学会及时表达自己的感激之情感恩之心……今夜，我也拒绝了沉默，选择给您倾诉。
>
> ——写在前面

不是每个人都会在漆黑一片举步维艰时遇到提灯的人，不是每个人都会得到贵人相助拔节般突飞猛进，更不是每个人都愿意蹲下来陪你缓慢地成长……我相信"贵人"，相信"事半功倍"，相信"奇遇"，我，有幸遇到了您。

想想，在每天海量来稿里，文笔跟人一样的笨拙，却有幸被您看到并选用。激动不已感激不尽，不敢打搅却又情不自禁，怯怯地写了封信，以表达自己深深的谢意。

从此，那个被俗事缠身孤寂中借文字以取暖的自卑女人，犹如神助快速成长，其间当然离不开自己莽莽撞撞不断犯错害得您辛辛苦苦不断纠正的过程。那是两个人跨越空间的教学，在我，犹如进了教堂面对教父：按捺着满心里的饥渴与焦虑，努力表现得异常平静；看似随意的几句交流，却非同寻常的精辟与深刻。

"感与悟是截然不同的。"

"大量的优质阅读，努力惯坏你的阅读胃口，也就不会写出劣质的文字了。"

总是很忙很忙的您，偶然一句话，会指导我很长一个阶段的阅读与写作。

因为遇见您，因为您愿意弯腰陪我感受并认知生活，因为您愿意从点滴引导我亲近写作。慢慢地，我不再强挤不再艰涩，感受到了笔尖涌动的快乐，沉浸在了文字的芬芳里。慢慢地，我不再孤僻不再寡言，看外界的目光变得柔和，感知到了越来越多的友善与美好。在我眼里，生活也变成了一条明快而暖色的河，流淌着温馨，包容，爱。

倘若不曾遇到您，我一定依旧是那个呆头呆脑走不出小我的写作者，爱而不好。

还记得曾有报刊采访我，问目前各种"作家培训班"能不能培养出作家时，我立马想到了您。我肯定地说，写作是可以被影响的，这种影响甚至都不是"听君一席话，胜读十年书"，而是"听君一句话，胜写千篇文"。

我何其幸运，遇见您，愿意弯腰降低自己来引领我的成长。我有很多笔名，最喜欢的是"江小鱼"，您就像一条大江，而我，只是受惠于大江的一条小鱼儿。小鱼对江河的感激岂是只言片语能表达的？遇见您，我遇见了更美好的自己。

我常常想，不是别人不够出色不够努力，而是我足够幸运地在推开写作这扇大门时遇到了您。因为受惠于您，我迷恋上了您所在的那座城市，一座千里之外我没有去过的遥远城市，在我心里却是最美丽最有温度的城市。一个人，温暖了一座城。

今夜，请允许我，像我的孩子们一样，让感激之情肆意流淌。

姥姥的风凉话

儿时最不喜欢最不能原谅的就是姥姥，她从来不知道心疼我们姐弟，净说伤人的风凉话。

有次我一把鼻涕一把泪地从外面抽泣着回来。姥姥问咋了，我说又被邻居二妮骗了，害得我白跑了一趟——嘉德村就没放电影。姥姥没好气地说："第一次叫人家骗，是人家心眼多；第二次再叫同样的人拿同样的事骗了，就是你缺心眼，活该。"也是啊，我咋就不多问几个人证实一下，就傻了巴叽地跑去了。一年半载放次电影，十里八村都跑着看，路上只有我一个人正常吗？

用姥姥的话说，如果在同一地方绊倒了两次，第三次最好直接摔骨折，省得没记性再摔。

小弟有次也抹着泪跑回家，姥姥又问他咋了。小弟说因为话说不到一块，跟大虎动了手，结果自己没打过人家。"大虎比你高多半头，一顿能吃俩馍知道不？你个小豆芽不知道自家几斤几两，打不过就不要手贱，手贱了，就得自家受。还有脸哭？"姥姥训完就走了，根本没哄劝小弟。

也是，小弟跟大虎就是鸡蛋跟石碾，缺根弦啊，找人家打架？

用姥姥的话说，干啥都要先练好身手，再估摸准自家的斤两，瞅准，咬住不放。

一次，姥姥让大姐去本村姑妈家取东西，大姐撅着嘴巴说不想去，原因是姑妈几天前竟然说她"邋遢得将来看咋嫁得出去"，鬼才稀罕去她家。大姐刚嘟哝完，就被姥姥在背上重重地锤了一下，骂道："你姑妈那样说你，你自个心里也比对一下，冤枉你没？把自家收拾利索有多难？头发梳不光，裤子提不起，人家说得不对？嫌人说自家就把事做到人前面，堵住人家的嘴。"也是，大姐大大咧咧不修边幅，没一点文静样，像个男娃娃。

用姥姥的话说，人家咋样对你全源于你自己——你的姿态决定了别人的态度。

多年后，当我们都骄傲于今天的自己时，又想起了姥姥的风凉话。姥姥正是用那种特殊的方式，毫不客气地将我们身上的坏毛病连根拔去。那时候，我们的父母是只知疼爱我们几乎没有原则的老好人，姥姥是家里唯一的"大恶人"。

第十辑　父亲心里住着个小孩

待您如儿

　　说这话有点不恭不敬，您是我的父亲，已经不能自理的老父亲，我却说——待您如儿。

　　起初，我是无法接受您的现状的：

　　不知是因为耳背，无法接收外部信息，导致面部表情缺少变化显得僵硬，还是因为心事太多，难以舒展生动，一成不变的神情让我崩溃。曾经精明能干一呼百应，而今邋遢到从卧室撒尿到卫生间，还拒绝承认是自己造成的凌乱。不能运动消化不好，还不知饥饱，见啥都想吃完。自己已经不能自理，还操别的晚辈的心，揽过来又霸道地推到我身上，可笑又不近情理……

　　如果老年就是您那样，我宁愿短命。多少次看着您，心里奔涌着"想不通"，沸腾着对年老的绝望。您言行前后反差之大，真的像……像把人生活成了冷笑话。

　　半年了，这种想法硌得我极为痛苦，感觉自己的生活就像块破抹布，千疮百孔，破烂不堪。最近这几天，我才逐渐清醒：您已是如此，我要

180

待您如幼儿，陪伴、迁就、疼溺。

我是您的女儿，说话却不随曾经的您——耐心而柔和。我说话，就像抢斧头，总是"咔嚓"两半，伤人害己。即便被人原谅，伤好了还会留下疤，结下满心疙瘩。

"再不要添乱了，能不能把你自己的手脚管好？"我高八度地训您，仅仅因为您不小心又撞倒了东西。您只是看着我匆匆忙忙的身影着急，您只是想给我帮点忙罢了，您哪里知道此时的您只会越帮越忙。

我小的时候，四十多年前，在灶房笨手笨脚弄倒了油罐子。一年才分二三斤油的清苦日子啊，别的家长会心疼得剥了孩子的皮。您挡住了性格暴躁的母亲，打着圆场说：大人永远都弄不倒，娃娃都是毛手毛脚。您刚刚垒好的煤球，我跑过去撞倒了，您说碎了抹成煤饼一样烧，烧啥都一样，出来都是煤渣。您拍着我说没事没事。四十多年前，我像小傻瓜般到处闯祸惹事，您从不曾训斥我啥都不会净添乱。

对，您现在就是我的小时候，比我的小时候好多了，是好心办了坏事，办了坏事也不能抹杀您体恤女儿的心。哪像儿时的我，纯粹贪玩惹是生非。

"不能做就不要说！"我没好气地对您开了口，仅仅因为你告诉我应该怎么怎么做，况且您说的并没有错。您只是担心我一直上学而后工作，怕我在家务上费力又做不好，您只是善意地提醒罢了。尽管您已经什么也不能做，可"看在眼里急在心头"是善良人的本性，何况面对的是自己的女儿。

您现在是不能做什么，只是从客厅挪到卧室挂着拐杖还颤颤巍巍，一步走完不知道下一步得用多大的劲儿挪脚。抬腿、落脚，好像都因为害怕什么而得寻思半天。您举着筷子，却不知道该落在哪盘菜上：您得考虑能征服哪盘菜，能夹得住，还能稳妥地送到嘴边，最重要的是还能咬动。您吃个饭，像打仗，手忙脚乱又疲惫不堪。

还记得我小的时候动手能力超级差，用姥姥的话，两只手逮不住个笨鳖。小嘴巴倒是一刻也不闲，吧唧吧唧说个没完没了，当别人笑我"只剩一张好嘴"时，您开口了，说我女儿就是不能做，才得能说——好歹占一头。您给我讲《说岳全传》《杨家将》《封神演义》，转身我就照猫画虎讲给别人，博得一片赞誉。小时候在您的鼓励下，我能说会道敢演绎，出尽了风头。

我是应该鼓励您说的，您原本耳背，您说了，您的世界才会与外界连接起来。我绝不可以因为自己的无能或辛劳，迁怒于您。

您现在是不是实实在在地体会到了一句话，"年轻不惜力，老了没力气"，是不是后悔了？

记得年轻时的您，生产队歇晌那会儿工夫，您都扛着扁担从涝池担回来十几担水，咱家院子里的树比谁家都长势好。土地承包到户了，我们家的地，因了您的殷勤侍弄比谁家的产量都高。似乎是为了印证您有本事能挣到钱，人家孩子顺顺利利考上大学都没钱供，我们兄妹却是在高考落榜后复习一年才将双腿从土里拔出来。那些学习远远好过我们的，倒因为家境太差早早辍学，至今身在农村。

您那么不惜身不惜力，只为了给我们一个富裕无忧的学生时代。而今，您衰老了，我们当然得像您对儿时的我们那样，待您，柔顺如儿。

冲老父亲发火

那一刻的我绝对是个失控的疯子，进门没有几分钟，就冲老父亲发了二次火。

"为啥不做饭？吃空气还是吃风吃雨？就是你不吃，我自己——也——得——吃！"似乎怒火中烧，喷溅出的声音很大很重很恶，前面是发射机关枪，后面是打炮，一个字能砸出一个深坑。

是看不到自己扭曲着的丑陋嘴脸，却能感觉到被愤怒燃烧着的滚烫与剧痛。

临下班时突然接到通知开会，五点半进的会场，六点，七点，七点半……眼看着时间匆匆推移，恨不得伸出巨手捂住主席台上的嘴巴。在那会儿的我看来，净是废话扯淡话，还煮着熬着炒着轮番着说。过了饭点很长时间，我的父亲一定饿了。一路疾走兼小跑，从单位赶回小区。家在七楼，我是跑上去的。

想快快做好，怕父亲饿，又怕想快而太过简单，应付了父亲。准备食材时我心疼又矛盾：我累我饿都不打紧，不能让老父亲舒舒坦坦地待在我家就是我的不好了，愧疚在心里泛滥着。

余光里，瞥见老父亲靠在厨房的门框上。

他饿了？在单单等着吃饭？心里咯噔了一下，自己的无能，对父亲的抱歉，就在心头噼里啪啦地闹腾起来。一时，竟然不知该对父亲说什么。

干脆装作没看见。

"不做饭了，搞得（我们这里的方言，'将就'之意）吃点馍馍就行了。"

扭头，父亲那讨好的神情，还有刚才怯怯的语调，一下子就点燃了我一直压抑着却无从发泄的愤怒。就口不择言了，就吼了起来。

"为啥不做饭？吃空气还是吃风吃雨？就是你不吃，我自己——也——得——吃！"

其实我吼得很委屈，甚至都不知道自己在生谁的气：我让他挨饿了他还那样可怜兮兮地讨好我，我有能力雇个保姆也不会饿了老父亲……

父亲忙说着"你做你做，我不多事了"，转身离开。

耳边，又响起了他脚下不利索的踢踏声。更窝火了：父亲都那样了我还冲他发火，算什么东西，书念成牛经了？都不能顺着他还谈什么孝？把父亲接到自己家里就是为了穷凶极恶地冲他发火吗？天哪，我该不是疯了，进门不到几分钟，就冲着老父亲发了两次火！该不是心里奔涌着排山倒海的怒火，就是为了伤害老父亲？就在刚才，一进门，我已经冲他吼了一番。

想想，冬天的八点，天早已黑透了。急急扭开门锁，一片漆黑，按了灯，发现父亲就坐在客厅的沙发上。随口问咋不开灯，他回答"怕费电"，当即就气呼呼地随手"啪啪啪"把客厅里的灯全按亮了，而后就喷溅了：

"谁要你给我节省电？你就是把整个单元楼的灯都开着，我也付得起！"

他一脸尴尬的笑。

我怎能不生气？他，我的父亲，在我这里，在他女儿自己一平方米一平方米积攒出来的家里，咋那么小心那么理短？怕费电就摸黑？摔了咋办？四十多年前我也怕费煤油啊，在月亮下看书被他知道后狠狠地骂了我一顿。我现在还记得他当时生气的话，"供不起你看书的煤油，我还有脸给你当大？"

真是的，都怕你费电，我还有脸给你当女儿？

不知怎的，父亲在我家的日子，我变得易怒，总是冲他发火。

"不要买那么贵的衣服，好歹都是穿，干干净净就行。"给他买了件衣服，他不管质量的好坏只说价格的贵贱。是我买不起一件衣服，还是我对他不够好？我不怼他怼谁去？

"鞋有样，衣服有样，吃饭有啥样？不饿就行，不用那麻烦。"粗胳膊笨腿的我终于在周末认认真真用心准备了几盘菜，他往桌前一坐，就抒了这么一句情，恼人不？好像我是凑合着打发他？我不生他的气生桌子的气啊？

倘使我在客厅与他相向而走，他会很快闪开，闪的程度与他真真正正的一贯迟钝对比鲜明。每每遇到那一闪，心里就很不是滋味，闪出陌生，闪出距离，闪得我愤怒。

我不知道为什么看着他就想发火，不发火就憋得难受，难受于他的理短他的不安他的小小心心。或许，当他像小时的我在年轻的他面前那样散坦那样任性时，我就不再发火了。

父亲的手机

让我伤眼伤心的,是父亲的手机。

它冰冷又不怀好意地阴森森地挺在那里。偶尔在床头在桌边在沙发上,却都是紧挨着父亲,触手可及。更多的时候,它被父亲牢牢地攥在手里。

父亲是个很少摸过锄头的农人。大锅饭时是村干部,能做账,会写材料,多往返于公社与村上。土地一承包到户,就彻底离开土地做起了生意。

父亲买回来第一部手机时,在乡镇当干部的表舅都稀罕地把玩了半天。它曾为做生意的父亲呼风唤雨,将父亲的粮油收购中心与全国各地密切地联系在一起,曾为父亲神奇地唤来十几个车皮,等父亲一夜间将它们填满又送走。它曾带给了父亲一个男人膨胀着的自信与骄傲,客户兼朋友遍天下,有足够的能力让妻儿过得滋润。

那时的父亲一如他的手机般精力充沛又神通广大,也总有想法蓬蓬勃勃地滋生、壮大,父亲顺势就收割了一茬又一茬长势喜人着色美好的想法。

他贩卖牲畜，别的家缺粮少油日子紧巴巴我们大块吃肉花钱不受限制（我的童年少年里尽是饱满的美好）；他做木材生意，成了80年代方圆数十里有名的富裕户（哪是"万元户"能概括的）；他做粮食收购生意，在镇上形成集贸一条街通达全国（我因而有条件接济班里家境贫寒的姐妹）……

1980年，我家是镇上第一个非国有单位接通电话的，手摇式。父亲用过各种手机，直到今天功能最简单的老年机。突然意识到，父亲的手机也有生命啊，它也走到了老年。可不，父亲来我家十三天了，它一直静默着。尽管父亲固执地让它受累且须臾不离，它还是疲惫不堪地装作癞皮狗一条，不声不响只求让人忽略。

"我的手机？"一转身，只要手里是空的，父亲就问。"你打一下，是不是我的手机停机了。"父亲有时会不安，要我帮他验证一下。

父亲才不会去想，他那些天南地北的生意伙伴或许跟他一样步入老年，不再做生意也就无须再联系他；也不去想比他年轻的伙伴有了新的合作人，自然也不会联系退出生意场的他；也不会想他的儿子女儿天天就在跟前守着他，根本无须打电话。

是父亲懒得想还是想不到，抑或是他根本就不愿承认？他的电话簿里其实就活着三个人：儿子、女儿、孙子。而这三个人，就天天在他眼前晃着。

单就手机，我还专门与父亲沟通过。我说你手机上存了几百人，从来都不联系，删了吧。我还给他讲了手机号经常换，或许他存的已物是人非只是信息垃圾。父亲笑道，删啥，它们又不是坐椅子沙发占咱的地儿。我苦笑。父亲是让它们以号码的形式充实自己？还是父亲也难以接受步履蹒跚口齿不清耳朵几近失聪的自己？还是父亲在曾经的辉煌里走不出来？你大声吼着，父亲都是一脸茫然听不见，哪里能听见手机铃声呢。有次我打了十几个电话他都没接，很是担心，马上坐车到老家。电视开着，他在沙发上迷瞪着，手机就在他的胸前放着。

眼前的父亲手里依然攥着手机。

父亲那从不响起的手机会不会觉得寂寞，会不会因为寂寞而无比尴尬？甚至都令我愤怒：咋不响？不响就是摆设啊，成了摆设就该扔掉！可我无法让它消失。它是父亲过去的热闹与辉煌，可能也在支撑安慰着现在孤寂的父亲。

没人打也留着吧，手机也算父亲行走过的足迹图。

小家与大国

父亲今年八十岁了，就像我能较清晰地记得自己六岁时发生的事一样，父亲也无法忘记儿时的凄苦记忆。父亲总说，没吃过苦就不知道甜，没遭过难就不知道现在世道的好。

父亲的思想很单纯，单纯到对自己所处的每个环境——不管小的家还是大的国——都尽是感激。父亲在每个时间段里，都能将自己的心安置得妥妥帖帖。

记忆里，父亲很少抱怨且肯吃苦肯动脑。

大锅饭时，父亲是我们赵家村二队的生产队长，那时每个队一样地出工，挣的工分却不一样。父亲最骄傲的是，我们队社员挣的公分是全村最高的，分得各家各户的粮食跟钱也是最多的。直到今天，父亲似乎也不觉得大锅饭就是落后就是错的。他只是说，只要肯动脑子，心还能拧成一股绳，大家伙一起，怎么也能把日子过好。父亲又说，不管到了啥时候，也不管给小家还是给大家干，出勤不出力，都好不了。

土地承包到户之后，父亲惜地那是出了名的。他常说，土地是个宝，不亏人，种啥长啥。更神奇的是，父亲种啥，那一年啥的收成一定是最好的，以至于乡人下种前总会聚在我家向父亲讨教。父亲也从不藏着掖着，分享着他的种地经验，分享着对土地饱满的爱。

再后来，父亲开始做粮食生意，做得风生水起带动了一片。小镇成了农贸中心，小镇的粮食四通八达跑到全国各地。豆类成熟时节，一个晚上，通宵达旦，十几个车皮就装满了。父亲常说，这社会多好，你有力出力，他有智出智，只要人勤快，都能把日子过好。

有时，父亲还会冒出很奇怪的想法，让我都有点怀疑他是不是一个纯粹的农人。

他说，国家是啥，就像这地。地里能长出啥好东西，还不是靠种地人有好想法，有了好想法，再扎扎实实勤勤快快，日子想要多好就能多好。父亲的这种说法不空不大，简单而实在。

父亲总提醒我们要惜福，要知足。每每听到周围有人发牢骚，说社会这样不好那样不对时，他就不能接受，就会斥责别人，说是"瞪着眼说瞎话"，说"吃昧心食"。

父亲从来没有过抱怨，所有的经历，在他看来，都是命中注定的。当我们偶然说起"文革"的荒唐，流露出对曾经决策偏差的失望时，父亲就做起我们的工作。当然他做工作绝不会高屋建瓴，还是离不开小小的个人感受。父亲说，大的国跟小的人一模一样的。人一生多长，经风见浪的，谁心里没几个疙瘩？还不是慢慢地自己就解开了。国家也一样，走弯路不要紧，赶紧扳正就行了。

父亲的话，让我们豁然开朗。

就在刚才，父亲还开玩笑说，你小时候偷了人家一个苹果，叫人家找到咱家算账。上次回去，遇到人家从地里往家里拉苹果，热情地送你一箱子，不要都不行。看，这几十年的变化大不？

我敢不敢问他：从现在往前，说一下七十年的感受？当然不敢，父亲一定会兴奋得唠叨个没完没了。我的农民父亲，其实蛮可爱蛮有思想的。

父亲心里住着个小孩

陪父亲在客厅里看电视剧，他喜欢的《杨门虎将》。剧情一如父亲年轻时的行事做派，硬气、豪气、霸气，自然也少不了金沙滩的残酷与两狼山的绝望。

1

突然，父亲颤颤巍巍地站了起来，开口道，想尿。我赶紧起身去搀扶他，就听见"尿下了"。这三个字像重锤，一下子砸晕了我。我还没有反应过来，就看着他双脚站的那块地，湿了。

你无法想象看到自己曾如铜墙铁壁般厚实的父亲像婴孩般无助，是一种怎样的感受：如同你几十年深爱的美好被残忍地斧砍刀削碎落一地。

我所拥有或面对的一切，在父亲失禁的那一刻，都变得毫无意义。空虚感崩溃感交织在一起，让我窒息而绝望。

"还好，没弄到你的沙发上。"父亲满脸不好意思，有抱歉——"你的"，也有些许欣慰，是地上，不是沙发上。

"没事没事，人老了都一样。咱不紧张，尿了，就尿完。"我拍了拍父亲的肩，宽慰道。而后将他搀扶进卧室——得赶紧换衣服。

2

我是知道的，人老了还能越活越利索就是怪物了。可从心底里还是不能接受眼前的父亲。父亲老得太突然了，曾像一座石质的坚不可摧的高山，不见风化没见侵蚀，没有任何风吹草动，突然间就崩裂、坍塌，而后一地碎渣。

我无法接受这样的父亲，我拒绝承认这就是我年老的父亲。

如果是个经年累月的药罐子，或者拎起来一条放下一堆的窝囊人，呈现出怎样的老态似乎都不过分。父亲则不同。他年轻时在村里主事，说话豪气做事硬气；中年时生意场行事沉稳名震一方，颇有霸气。

这样的硬朗之人，即便老，也该是优雅从容的姿态，而不是眼前这副情形——小便失禁，让我不忍目睹的无助与邋遢。

3

曾经，父亲的心里住着个神奇的小孩，年轻时的父亲就是个追梦的大孩子。

四十多年前，土地刚承包到户。一些人家凑钱都买不起一头牛，父亲却专门买回来一匹通身雪白的马，只为自己骑，这事至今都是巷子里的传奇。这可能与父亲喜欢看《杨家将》《说岳全传》《三侠五义》这类书有关吧。他喜欢并向往"白马英雄"，只是时空错开，不能举刀不能拿戟，只好单纯地骑白马了。

我跟哥哥们从未骑过父亲的白马，尽管他热情地邀请我们同骑。小小年龄的我们都觉得在村里骑马是不合时宜的事，可笑、丢人。而父亲为了满足心里那个小孩的欲望，竟然在刚能吃饱饭的状况下极奢侈地买了匹马——耕地不如牛拉货不及驴——只是为了让那小孩跑出来骑着玩。

也是骑马的日子。一天半夜，只听父亲喊了一声"杨家七郎来也"，紧跟着就是"咣当"一声。晨起，母亲可惜得捶胸顿足——父亲将收音机扔到了炕下，摔坏了。

骑马的日子，父亲对什么事都是漫不经心的，只有骑上马，才眉飞色舞神采飞扬。似乎他整个魂魄，都被吸附在马身上。大约三个月后，父亲将白马贱卖了，重新拿起锄头，弯腰照顾起地里的庄稼。

那个小孩，又被迫缩回了父亲的心里。

4

直到今天，每每想起父亲买马只是为了骑，就觉得他很了不起，在辛苦讨生活的当儿还不忘照顾好心里的小孩。

骑上马的那个人，咋看都不像我的父亲，就是个快乐的大男孩。他欢笑的脸上只有独属自己的纯粹的开心。往日里为淘神费事的我们而准备的严厉的训诫厚重的叮咛，一定被他丢到马下了吧？

没有任何功利目的，只是为了自己单纯的喜欢去做事，多少人能做到？至少在我，只是没上学前玩泥巴跳格子时才有过——纯粹的悦己。

5

眼前的父亲，竟然连……连小便都奈何不了。父亲心里那个小孩呢？是不是也已经老到睁不开眼，不会在心里闹腾了？莫非就是心里的小孩不折腾了，父亲才不可阻挡地迅速老去？只是睁眼起床，天黑睡觉，开始只有绝对的规律，没有一丁点精神。到后来，黑白颠倒，白天总在眯瞪，夜里又睡不着，怨天亮怪天黑。

那个曾骑白马的大男孩，那个大声一吼整条巷子都安静下来的壮实汉子，那个走南闯北跟人谈生意的睿智男人，此刻被架在头顶的"老"彻底击垮。

满脸浑身，是无力，是无奈，更是无助。

<h1 style="text-align:center">6</h1>

我扶父亲坐在床边。他一脸不好意思，摆着手，示意我出去。毕竟闺女不是儿子，在父亲眼里还是不方便。突然觉得很悲哀：亲亲的骨血又如何，还不是败给了"男女有别"。

我退了出去，在客厅边收拾边等他自己慢慢换，思想就抛锚了：

父亲照顾婴孩时的我，考虑过女孩子不方便吗？据母亲说，我是三个孩子里父亲唯一一抱过的一个。清晰的记忆里，我也是三个孩子里父亲唯一没打过的一个。

<h1 style="text-align:center">7</h1>

父亲来我家后，我重新摆放了客厅的家具，一溜摆开，便于父亲随时挂，随时靠，随时坐。客厅就看起来怪怪的，大家干啥也不方便，就有点小意见。我霸道地以喷溅般毫无商量的话语堵住了大家的嘴：

你们可以绕道可以弯腰，甚至摔倒在地又能立马弹跳起来。"我的父亲"，他得平平稳稳不绕道地走，还得随时依着靠着坐着……

刻意说"我的"父亲，不是说女婿不孝孩子不乖，是我自己心里有解不开的疙瘩：我的父亲不可以那样的，我的父亲怎么能那样，我的父亲竟然已经那样了！！

我不知道自己在跟谁耍情绪闹意见，就是心里别扭、难受，不愿不忍直面父亲的当下。

8

家具那样围起来摆放，我心里踏实，随时都有物件可以照应我的父亲。

父亲来了，家里像多了个怕磕着碰着的小孩子。

父亲又哪里能比得上小孩子？小孩子是一天比一天长本事长能耐，越来越可爱。父亲是一天比一天没精神更糟糕，越来越让人伤感。

客厅腾出地方还有个目的，便于父亲锻炼。说到父亲的锻炼，也是我强迫的，他才不愿意走路。用父亲的话说，活，就攒劲地活。软不拉几带不上劲，赖在世上就没意思了，还不如赶紧走。父亲现在就处于一种很消极的状态，觉得自己就是没意思地混吃等死，巴不得立马走。我一再给他做工作，说"小时混账，中间干事，老了享福"这才是正常的人生三部曲，谁都一样。

效果不大。人老了，固执也一道老得更难以动摇了。

父亲走几步，就得歇歇。说"走"表述失真，准确地说是"拖"是"挪"，一只脚似乎抬不起来。走时，一只无力地拖着，另一只却像下了很大决心般很重地"咚"的一声才算"着陆"。

每每在书房里听到"咚"的声音，就知道父亲拖着他自己去卫生间了。没我在一旁督促，他是不会锻炼的。脑子里就一片混乱无法继续思考，重重叠叠的都是父亲年轻时利索能干的身影。

9

年轻时的父亲，哪里容许别人说他半个"不"字？做事风格果断利索，瞅准就做。土地刚承包到户前两三年，他似乎能掐会算，他种什么，那年一定收成最好，以至于村里人都问他或跟着他撒种。

是父亲觉得土里刨食太累，还是他心里的那个小孩子又闹腾起来了？

父亲从地里直起了身子，擦了把汗，果断地扔了手里的锄头，不再种地。

10

父亲开始做生意。

贩卖过牲畜，曾经一度院子里跑满牲畜，这几天都是羊羔，前一段都是猪仔，人都没有落脚的地儿。十天半个月，又全部消失了。倒卖过木材，挑拣了上好的木材给自己弟弟盖了气派的大房子。弟弟娶上了媳妇，过起自己的小日子。开过砖瓦厂，我们家连续倒腾了几个桩基来盖房，总不能让他满意。砖瓦是盖房的大头，亲戚朋友们聚堆盖房都是赊账。最后，落到粮食收购上，雇着工人，形成气候，带动了一片，我们住的那一条街发展成了粮油交易中心。几十家，都做着粮食收购生意。旺季时工人们轮换着休息，每晚都走几车皮的货……

赚赚赔赔，起起落落，我唯一记得很清楚的是：从小到大，我们兄妹们从来没有为钱做过一点难。习惯使然吧，长大后的我们虽然只是处于解决温饱层面，倒也不会为钱或比钱更有诱惑的东西低头弯腰。

11

父亲心里那个小孩啊，你觉得我父亲苍老了？是疼惜他吧，不再闹腾了，父亲才得以安静下来。

不，不——，不是安静，是从欢腾到死寂。

父亲是行动接近无法自理时才停止了粮食生意，一停下来，立马就是一塌糊涂的颓废，行动迟缓到不方便，完全耳背，跟此前判若两人。

原来人还可以那样老？没有小病小痛提前打招呼，没有语言或行为预先的小困小难——轰然坍塌。

12

不可阻挡的衰老席卷而来，折腾了一辈子的父亲被迫安静下来。

就在昨天晚上，父亲还笑着说，我梦到人家四川的客户要玉米要绿豆，到处跑着看货，往一块集凑。说话时的父亲，眉宇间闪动着亮，一如从前。

一定是父亲心里的小孩又在他梦里闹腾了？他寂寞得太久了，想看看父亲年轻时的风采。他一动，父亲就醒了。

我一直在瞎琢磨，是那个小孩陪伴着父亲，而不是母亲或者我们。父亲想做什么就做什么，我们都是"被通知性的得知"。只有那个小孩知道父亲的心路历程，在哪里打弯，在哪里堵得难受，又在哪里豁然开朗。我们，只享受了父亲带来的美好。

莫名地，有些嫉妒，那个小孩一直霸占着我们的父亲。

13

凌娃。父亲喊我。

我进了卧室，他已经换了衣服。父亲说，我就在房子里歇着，不看电视了。刚才都……

那件事让他很不好意思。

父亲还是很在意自己的形象，为刚才小便失禁而自责。父亲一定觉得要强了一辈子的他是不可以活得邋遢的，特别在小辈面前，不能有失尊严。

父亲的这种心态让我欣慰，他没有完全游离曾经的自己。我最怕……最怕人活到不管不顾，因为老而理所当然地抹去了一切。在街道边公然小解的老人，越老越以自己为中心的老人，越老越苛求别人的老人……让我恐惧，怕自己的长辈或自己，将来老到没有了对错与是非，将尊严踩在脚下。

看来，父亲并没有老到我想象中的一塌糊涂。

14

就那样看着父亲，仿佛一刹那，"老"从父亲身上剥离开来。它狰狞着脸庞张牙舞爪地向我狂笑向我示威，它咬牙切齿地说：我才不管他的曾经，只会让他越来越糟糕。特别是他这种曾经透支的人，更要加倍偿还。而后，"老"冷笑一声，又钻回父亲体内。

"没事没事，你娃还会嫌弃你？都收拾好了……"我开着玩笑打着比方，硬说服了父亲，将他搀扶出来，继续看他喜欢的《杨门虎将》。

15

父亲看着电视，我看着他。

电视上，杨业头碰李陵碑，苍凉两狼山，以极惨烈的方式接纳了忠义的魂魄。

父亲潸然落泪。

我不愿目睹父亲落泪，可我知道，落泪时的父亲距离他自己最近。

父亲的悲痛不在电视里，在英雄的穷途末路里。我的目光也穿过父亲看到了他的从前。年轻时的父亲不凑热闹，热闹老赶过去凑近他。他走到哪里，热闹就移步哪里。

16

父亲却从不会因为自己的感召力而在乡人中亲此疏彼。

村里有个懒汉，春夏秋冬对他来说，只是蹲的地方不一样罢了。"好吃懒做怕动弹"，这是村里人对他唯一的评价，说时脸上写满鄙夷，似乎提一下他，都会玷污自己。

我家门口站着几个叔叔伯伯，他们在跟父亲商量着今年地里种啥。父亲掏出香烟一根一根地散。那会儿，懒汉很自知地跟父亲他们有段距离地站在路边，傻傻地瞅着大伙笑。父亲竟然走了过去，到懒汉跟前，同样笑着叫了声"明亮兄弟，来一根"，递了过去。

那一刻的我觉得父亲做得很不体面，就喊了声"懒汉就不吸烟"。

晚上，我一回到家，父亲就让我靠墙站着去。靠墙站，是父亲对我最严厉的责罚。我也记住了父亲的话：喜欢与尊重是两回事，你可以不喜欢一个人，可没理由不尊重人家。

以后的岁月里，我笔下流淌的美好中，有卖菜女人的睿智，有理发女人的优雅，还有拾荒者的温暖。

那次墙根一站，就是几十年。

17

父亲来了后，变化的不只是客厅里物件的摆放，饮食也大变。

所有的饭菜都煮得软软的以至于没形没样，父亲得咬动；炒菜面里也不能放辣椒了，怕呛着他；菜疙瘩、菜卷、蒸熟的南瓜疙瘩都跑上了餐桌，他就喜欢吃这些。

父亲爱吃红薯。我就蒸着、煮着、烤着，变着花样做给他。又或许是他牙不好咬不动别的，只能征服红薯吧。谁知道呢。就像儿时我的小心思，有多少都飘落在风里，不被大人们猜到，也没有如愿。如今父亲的心思，我哪里能猜透？

18

还记得年幼时，父亲走南闯北做生意，不管挣了钱没有，自己没见过没吃过的吃食都会给我们带回来。看着我们享受稀罕的吃食，父亲就特别开心，他曾戏谑道，这一趟，就挣了这几张笑脸蛋，值了。

父亲常挂在嘴边的话是，娃娃要先吃好，才能去做好别的事。父亲不督促我们学习，只说吃好再去好好干别的事，我们下地里除草，进学校念书，干啥都不马虎。

记忆里，父亲不挑食，也没见特别爱吃啥，倒很喜欢做，做肉菜比母亲拿手得多。只是我们都是吃昧心食的主儿，只吃肉不长膘。

19

厨房里，我在做辣子肉。给父亲端了个板凳，让他坐在我旁边，给我指导。

父亲就开始叮咛：

肉烂自香，肉要煮好。肉滤干水后过得油，过了清油就封住了猪油，就不腻了。葱花见了油比肉香……

父亲说话时声音不大。他跟一般耳背人不一样的是，从不因为自己耳背就把别人也当聋子，大声吼着说话。

父亲给我轻声说着，好像我俩听力都很好。

20

最让我不忍面对又不能放弃的，是跟父亲的交流。

他似乎完全聋了，什么也听不到，除非你吼。可你一吼，他就一脸惊吓，原本没表情的脸就变得痛苦而焦虑。你又于心不忍。任由他听不见吧？总是心有不甘。

吃大锅饭时，父亲做会计做队长，嗓子一开，全队汉子们都安静下来。父亲耳又尖（"耳尖"方言，听力极好），哪里有点小动静就能察觉到。而今，竟然……

是不是凡事都有个定数，不能透支？就像父亲的魄力、利索、听力……早年都透支了，才给了我眼前这个糟老头子？

21

父亲听不见，就不说话，偶尔发声，像自言自语。父亲将自己完全封闭在了孤独里。我得打破这个堡垒，我不能允许父亲在静寂孤独中日渐衰老，那样他的心比身子更不舒服。

一有空，我就陪父亲说话。

我说西，父亲答东。我问他，今天吃啥饭？他说，你小时候就是乖。我说，想看啥电视剧我给你放。他说，你要忙就忙去……跟父亲交谈，牛头也完全可以对上马嘴。

可我得没话找话，才不至于将父亲完全隔离到热闹之外。

父亲跟小孩子哪能比？大人们说话时可以不顾及小孩，小孩有玩具啊。而父亲，只有静默。父亲是静默的玩具，任由它戏弄。

22

静默时的父亲更让我伤感。

那个说话像说书的父亲哪里去了？那个口吐莲花手底下也不含糊的父亲哪里去了？那个一论理就能直接喷倒而对方绝无还口机会的父亲哪里去了？

儿时的土炕上，年少时的打麦场里，都飘荡着父亲或响亮或幽默的声音。他在给我们兄妹们讲杨门女将，说精忠报国……爱读书的他，更喜欢说道历史上的人人物物。后来做生意走的地方多了，又给我们说各地的种种差异。

我们最初的历史知识，最初对世界的简单判断，都来自父亲。

23

有时静静地坐着，父亲会突然冒出一句"不能干活，活着没意思"。

心里一惊，父亲心里有疙瘩？就找父亲聊天，说他力拔山气盖世的年轻时。父亲却总岔开话题，显得一点兴趣也没有。我问他，咋不喜欢听人说你的过去？父亲淡淡一笑，说回不去就不想不说。

这一点也是父亲的性格——决绝、干脆，不拖泥带水。

老了的父亲从来不会给晚辈说自己走南闯北的见多识广，也不会随意给出晚辈参考意见。父亲将自己人生的一段一段捋得很清爽，互不粘连，互不影响，像一个个互不相识的"他"。

24

餐桌上，我似乎看到了父亲以前的影子。

他吃红薯时不要我替他剥皮，自己慢慢剥。突然，父亲说："放错了。"他把放下的皮儿翻过来重新放，里皮儿朝上。"里皮儿不能贴桌子，你妈不好收拾。"他看着我的孩子解释道。

那一刻，我激动得有点失态：父亲没老糊涂，还知道不给他女儿添麻烦。

只是，让他无力的事情太多了。

25

电视上，六郎将潘仁美押回大宋，枯坐在那里的父亲再次簌簌落泪，不管不顾。是忘情得不去理会，还是迟钝得没感觉到自己的失态？

父亲突然拍手道，"美——"

那一声，痛快、淋漓，一定是父亲心里的小孩喊出来的。

我看见他调皮一笑，又躲进了父亲体内。